돌하르방에게 길을 묻다

생각을 품은 여행 에세이

돌하르방에게 길을 묻다

돌하르방의
원형을
찾아서

조선우 지음

책읽는귀족

프롤로그 ; 스쳐 지나가는 것을 잡기 위해서

우리나라 사람이면 누구나 버킷 리스트에 '제주살이'가 들어갈 것이다. 많은 사람이 입버릇처럼 "나중에 제주도에서 한번 살아봐야지"라고 말한다. 혹은 인생의 후반기에 제주도에서 보낼 막연한 계획도 그려 본다.

나 역시 그랬다. '언젠가는 제주도에서 살아봐야지' 하는 로망이 있었다. 그런데 그 순간이 뜻밖의 여정으로 갑자기 다가왔다. 모두가 예상하지 못한 상황에서 순식간에 세상이 멈춰버리자, 나의 발길은 제주도로 향했다.

지난 이삼 년의 시간은 모두가 코로나 19로 힘든 시기였다. 마치 마법에 걸린 것처럼 세상이 멈춘 듯이 보였다. 어릴 때 바깥에서 즐겨 하던 '얼음 땡' 놀이처럼 우리는 모두가 '얼음'이 되어버렸다. 누군가 '땡!'을 외쳐주길 기다렸지만, 그때가 언제일지 아무도 모르는 시간이 흘러갔다.

　나는 그동안 책을 쓰고 만드는 사람으로 살고 있었다. 그런데 세상이 멈춰버리자, 도서관도 문을 닫고, 학교도 문을 닫았다. 독서 소모임도 멈췄다. 책 만들기도 잠시 멈춰야만 했다. 내 주변의 세상이 모두 멈춘 것처럼 보일 때, 나는 그 마법을 피해서 제주도로 내려왔다.

　제주도에 처음 올 때 나는 길 잃은 어린아이 같았다. 제주도가 낯선 곳이기도 했지만, 코로나 19로 방향 감각을 잃었기 때문이다. 출판 일을 10여 년 하고 나서, 내 출판사를 시작하고 또 10여 년을 열심히 달려왔다. 그런데 갑자기 세상이 멈추자, 나는 멍해졌다. 미친 듯이 앞만 보고 달리다가 갑자기 길이 뚝 끊겨버린 듯한 느낌이었다. 무엇을 해야 할지 몰랐다. 길을 잃은 아이처럼 애처롭게 서 있다가 나는 문득 제주도를 떠올렸다. 내가 그 순간에 왜 제주도를 떠올리게 되었는지 잠시 이야기를 해야겠다.

'왜 안 돼? 대문 바로 앞에 대자연이 펼쳐진 곳으로 간다면!'

일산 백석동에서 처음 내 회사를 만들고 일을 하느라 멀리 다닐 여유가 없었다. 그러다가 일이 안 풀릴 때마다 일산호수공원을 찾았다. 일하다가 지치면 손쉽게 걸어서 갈 수 있는 곳이 호수공원이었다. 무거운 숙제가 있을 때마다 걷고 또 걸었다. 그럼 마치 해결이라도 되는 듯이. 일산호수공원은 내게 현실적 해결책은 마련해주지 못했지만, 자연을 느끼게 해주었다. 도심 속에서 느끼는 자연. 그리고 나는 그 자연에서 새로운 에너지를 얻곤 했다. 신기하게도 그렇게 자연 속에서 오래 걷다 오기만 하면, 일이 술술 풀렸다. 아마 내가 자연에서 다시 얻은 생동감으로 더 열정을 갖고 문제를 처리해나갔기 때문일 거다.

나는 점점 더 자연을 갈망하여 일산에서 그리 멀지 않은 파주 운정신도시로 작업실을 옮겼다. 운정신도시에도 역시나 호수공원이 있었다. 일산과 물리적 거리는 얼마 떨어져 있지 않았지만, 느낌은 완전히 달랐다. 더 자연으로 들어가는 기분이었다.

운정호수공원은 내가 이사 갔을 무렵에는 일산호수공원과 비교해서 야생에 가까웠다. 일산호수공원이 인공적으로 다듬어졌다면 운정신도시 호수공원은 더 광활한 느낌이고, 야생에 가까웠다.

그러다 나는 코로나로 세상이 멈춰버리고 문밖 활동이 제약을

받자, 어느 날 이제는 너무 익숙해진 운정호수공원을 걷다가 생각
했다.

'더 드넓은 자연 속으로 가고 싶다. 하지만 자유롭게 여행을 다닐
수 있는 상황이 아니잖아.'

여기서 생각이 멈췄다. 하지만 곧바로 나는 자신에게 되물었다.

'왜 안 돼? 대문만 열고 나갔을 때 바로 대자연이 펼쳐지는 곳으
로 간다면 멀리 여행을 다니지 않아도 가능하지 않을까?'

그리고 얼마 후, 나는 밖을 나가면 바로 대자연을 만날 수 있는
제주도로 작업실을 옮겼다. 책을 만드는 일을 멈추게 한 코로나
19가 나를 제주도로 이끄는 도화선이 되었다. 하지만 대문을 나가
면 바로 자연을 접할 수 있다는 것이 제주로 향한 나의 첫 번째 이
유였다. 그 목적은 달성이 되었고, 문만 나가면 대자연의 선물을
만끽할 수 있었다.

'돌하르방'의 원형을 찾아서

나는 제주에서 지낸 1년 조금 넘는 시간 동안은 이제까지 숨 가
쁘게 달려오기만 해서 미뤄두었던 작업에 몰두했다. 바로 우리 출
판사의 종이책을 전자책으로 만드는 작업을 직접 해냈다. 제주도
에서 컴퓨터와 인터넷만 있으면 충분히 가능한 일이었다. 그리고

남은 시간에는 제주에서 보낸 이 특별한 나날들을 책으로 남기는 작업을 시작했다. 그게 바로 이 책 '돌하르방에게 길을 묻다'를 쓰고 만드는 일이었다.

나는 스쳐 지나가는 것을 잡기 위해서 책을 쓰고 만드는지도 모르겠다. 삶은 끝이 없는 여행의 연속이지만, 모두 다 찰나에 불과하다. 나는 이제 제주에서 2년여를 살았고, 이 책이 나올 시점에는 제주를 떠날 예정이다. 제주에서 보냈던 이 시간도 또 스쳐 가는 일이 될지도 모른다.

하지만 제주에 처음 올 때 나는 길 잃은 어린아이였지만, 지금 나는 세상을 모험하는 탐험가가 되었다. 제주에서 보낸 이 계절들은 내게는 인생의 길 위에서 묻고, 또 묻곤 했던, 풀리지 않던 질문에 대한 해답을 얻는 시간이었다.

제주에 대한 수많은 책이 세상에 나오지만, 나는 아주 특별한 책을 쓰고, 만들고 싶었다. 그래서 제주에만 있는 '돌하르방의 원형'을 찾아 길을 떠나기로 했다. 그러면서 내가 알고 싶었던 인생의 해답을 그 길에서 찾았다. 그 생각이 머무는 풍경을 다른 사람들과 나누고 싶었다. '돌하르방에게 길을 묻다'는 이렇게 세상에 나왔다.

2022년 7월

조선우

C O N T E N T S

PART
1

'어디에서
시작할지'
묻다

Intro ; 그곳을 바라보다

　　　　　　　　　　　제주도에서 보내는 나날들은 기대
했던 대로였다. 문을 열면 멀지 않은 곳에서 대자연이 나를 반겼다.
심지어 거실에서도 그림처럼 매 순간 눈에 들어왔다. 아침에 눈을 뜨
고 창을 열면 지중해처럼 에메랄드빛 바다가 저 멀리 보였다. 밤이면
창 너머로 수많은 고깃배의 불빛들이 작은 다이아몬드 알처럼 반짝
였다. 물론 날씨가 좋은 날에만 볼 수 있는 수채화 같은 풍경이다.

　꿈 같은 일상이 흘러갔다. 그 나날들 속에서도 나는 제주도에 내
려올 때 나 자신과 했던 약속은 잊지 않았다. 제주도에 살면서 제
주 관련 책을 꼭 한 권은 쓰리라. 하지만 서두르지 않았다. 책을 쓰
려면 그 대상에 대해 충분히 알아야 했다. 나는 자연스럽게 제주에

스며들 때까지 기다리기로 했다.

처음에는 동네 이름도 낯설고, 방향 감각도 없었다. 그래서 내려오기 전에 준비했던 제주도 지도를 거실 벽면에 붙여 놓았다. '책을 읽듯이' 한 페이지, 한 페이지 제주도를 탐색하기로 마음을 먹었다. 다녀온 지역은 빨간색 스티커를 붙여서 지도에 표시했다.

제주도 작업실에서 바라본 풍경.

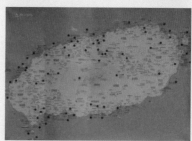

처음 약 6개월은 차를 몰면서 제주도 여기저기를 돌아다녔다. 서울과는 달리 도로는 굉장히 단순했다. 얼마나 운전하기에 편한지! 아무 생각 없이 그냥 풍경을 즐기며 달렸다.

코로나 때문에 관광객들이 드물어서 제주도는 꽤 한산했다. 인생은 아이러니였다. 코로나 때문에 가던 길을 멈췄지만, 코로나 덕분에 제주를 오롯이 더 한가롭게 즐길 수 있었으니까.

그러다가 동네를 자전거로 돌아다녔다. 애월해안도로 바로 근처에 작업실을 얻었기에 자전거를 타고 그 길을 달렸다. 새하얀 파도가 거품을 물면서 부서지는 풍경을 바라보며 자전거를 타는 기분은 어디에도 비할 수 없었다. 또 슬리퍼를 질질 끌면서 바닷가를 유유자적 산책하는 로망이 일상이 되는 순간이었다.

이렇게 동네를 산책하고, 여기저기를 자전거로 돌아다니다 보니, 차를 운전하면서 바라보았던 제주 풍경과 또 다른 신세계가 펼쳐졌다. 보는 눈높이에 따라 같은 공간인데도 이렇게 다른 멋과 맛이 느껴진다는 게 놀라웠다.

오로지 제주에서만 쓸 수 있는 책이 뭐가 있을까

사실 제주로 내려오고자 마음을 먹었을 때는 계속 자리를 잡고 끝까지 살 생각도 있었다. 그것도 선택지의 하나였다. 그러나 2년을 기점으로 다른 여행지로 작업실을 옮길 계획을 세우자, 책을 시작해야 할 시점이 다가왔다. 그리고 마침 제주에 내려온 지 1년여가 지났을 때 비로소 제주에 대한 책을 쓸 마음의 여유도 생겼다. 제주도로 작업실을 옮기고, 도민으로 살아보니 제주에 관해 이야기할 마음의 준비가 되었다. 나는 지도와 마찬가지로 제주에 내려오기 직전에 마련했던 DSLR 캐논 카메라를 매고 밖으로 향했다. 책을 쓰기 위해서 본격적으로 제주 탐색에 첫발을 내딛은 셈이다.

그런데 생각해 보니까, 제주도에 대한 책은 너무 많았다. 내가 거기다가 또 한 권을 의미 없이 보태고 싶지는 않았다. '오로지 제주에서만 쓸 수 있는 책이 뭐가 있을까' 밤낮없이 생각해 보았다. 문득 제주도의 상징인 '돌하르방'이 떠올랐다. 그리고 그 돌하르방의 원형이 총 47기가 남아 있다는 걸 알았다. 그중 2기는 서울에 있고, 나머지는 모두 다 제주도에 있다. 우리가 흔히 만나온 돌하르방은 그 원형의 '모사'에 불과하다.

그렇다. '원형과 모사', 이건 서양철학사에서도 끊임없이 질문했던 철학적 문제였다. 대학교 때 철학을 전공한 이후로 계속 '원형과 모사', '본질과 현상'에 대한 이 질문이 내 뇌리를 떠나지 않았다. 원형과 그 원형을 모방한 모사의 가치문제. 이렇게 말하면 너무 어렵게 들릴지 모르지만, 돌하르방에서 그 해답을 찾는다면 아주 쉬운 길로 우리를 안내할 것이다.

이 '본질과 현상'은 철학사의 문제뿐만 아니라, 항상 우리 인생사에도 같은 질문이 함축되어 있다. 단지, 인식하지 못할 뿐이다. 이 질문을 시작점으로 나는 제주도를 알아가려고 마음먹었다. 돌하르방의 원형을 찾는 길을 떠나다 보면, 이 질문에 대한 해답에도 가까워질 거라는 희망을 품었다. 나는 그때부터 그 희망을 좇아 제주도의 돌하르방 원형이 있는 곳을 샅샅이 찾아다녔다.

누군가를 알려면
그 시작점을 알아야 한다

삼성혈

우리가 어떤 대상을 알려면 우선 그 시작점부터 알아야 한다. 존재의 뿌리부터 찾아야 한다. 제주도를 알기 위해서도 그렇다. 흔히 '제주도' 하면 관광지의 이미지로서만 떠오른다. 하지만 제주도에 살고부터, 돌하르방의 원형을 찾아다니면서 나는 맹목적인 그 생각의 구도에서 벗어날 수 있었다.

사실 제주에 대한 책을 준비하면서 어디서부터 시작해야 할지 고민했다. 처음에는 누구나 그러하듯이 제주도의 동서남북을 나눠서 훑어보는 구성으로 갈까도 생각했다. 하지만 너무 평범했다. 그렇게 표면적으로만 눈에 보이는 제주에 관한 이야기를 늘어놓고 싶지 않았다.

그래서 나는 이 책의 출발을 '삼성혈'부터 하고자 한다. '삼성혈'은 제주 공항에서도 그리 멀지 않은 제주 시내 쪽에 있다. 행정구역상 주소는 제주도 제주시 삼성로 22이다. 제주 공항에 내려서 어디로 갈까, 생각할 때 제주 역사의 시작점에서 출발해보는 건 어떨까.

제주도가 불과 몇백 년 전까지만 해도 '탐라국'이었다는 사실을 우리는 기억해야만 한다. 나도 삼성혈에 방문하고부터 새삼 깨달았다. 그러고 보면 제주에서 '탐라'라는 말은 쉽게 눈에 뜨인다. 버스를 타고 돌아다니다 보면 버스 노선에도 '탐라'라는 명칭이 들어가는 곳이 눈에 띈다. 아직도 '탐라도서관'같이 공공기관 명칭에도 쓰이고, 렌트카, 승마장 같은 이름에도 탐라를 사용한다. '탐라'는

이 시대 제주에도 여전히 '생존' 중이다.

나는 제주를 좀 더 구석구석 알기 위해서 뚜벅이로 돌아다니기로 했다. 제주의 버스 노선은 꽤 잘 되어 있어서 시간만 충분하면 얼마든지 가능했다. 나야 있는 건 시간밖에 없는 사람이라서 제주 책을 쓰기 위해 본격적으로 하루에 한 곳을 탐색했다. '제주버스정보' 앱을 휴대폰에 깔면 버스 오는 시간을 알아서 대기하기가 쉽다. 버스를 타고 다니다 보니 제주의 동네 이름을 저절로 익혔다. 제주 버스에 관한 이야기는 다음에 좀 더 하기로 하겠다.

삼 성 혈 의   돌 하 르 방 을   찾 아 서

제주의 돌하르방 원형은 삼성혈에 4기가 있다. 제주도 민속자료 제2호에 따르면, 돌하르방은 제주목, 정의현, 대정현의 성문 입구에 세워졌던 것이나, 현재는 삼성혈을 비롯한 제주대학교, 시청, 관덕정 등에 흩어져 있다고 한다.

삼성혈에 가면 그 첫 입구인 홍살문 양쪽에 돌하르방 2기를 발견할 수 있다. 처음 돌하르방의 원형을 만났을 때 몹시도 반가웠다. 내가 생애 맨 처음 돌하르방을 마주했을 때가 떠올랐다. 그때는 초등학생 때였는데, 학교에서 소풍을 갔던 관광지에서 돌하르방을 팔고 있었다. 나는 작은 돌하르방을 두 개 사서 집으로 갖고 왔다. 그

삼성혈의 삼성문. 그 안쪽의 건물이 삼성전. 삼성전은 삼을나의 위패가 봉안된 묘사라고 한다.
삼을나는 탐라국의 시조이자 삼신인(三神人)을 가리킨다. 고을나 · 양을나 · 부을나의 세 사람을
부르는 명칭으로, 이들은 각각 제주 고씨, 제주 양씨, 제주 부씨의 시조이기도 하다.

삼성혈의 첫 입구인 홍살문 양쪽에 돌하르방 원형 2기가 있다.

당시에 돌하르방은 제주도가 아닌 다른 관광지에서도 흔히 볼 수 있는 관광 상품이었다. 한동안 내 책상에 놓여 있었는데, 이렇게 수십 년 후에 돌하르방의 원형을 마주할 줄 누가 짐작이나 했겠는가.

또 홍살문에서 100m를 채 가기도 전에 '건시문'이라는 입구가 나오는데, 그 좌우 측에도 역시 돌하르방이 2기가 있다. 이곳의 돌하르방 2기는 원래 제주읍성 서문 밖에 있던 것을 옮겨놓은 것이라고 한다. 이 돌하르방 원형들은 제주도 지정문화재로서 보호되고 있다. 삼성혈에는 현재 이렇게 돌하르방 총 4기가 있다.

삼성혈은 제주가 시작된 곳이다. 지금으로부터 약 4,300년 전에, 제주도를 열었던 존재는 삼신인(三神人)이라고 한다. 이 삼신인이 태어난 곳이 바로 삼성혈이다. 삼성혈은 우리나라에서 가장 오래

건시문 앞의 좌우에 있는 돌하르방 원형 2기의 모습.

된 유적이라고 한다. 국가지정문화재 사적 제134호로 지정되어 있다. 제주도를 돌아다니다 보면 느끼는 건데, 아주 오래된 유적들이 비교적 그 원형이 잘 보존되어 있다는 점이다. 그 이유를 생각해 볼 때 제주도가 한반도와는 떨어진 섬이다 보니, 가까이는 한국전쟁 등을 비롯한 험난한 역사에서 조금은 빗겨나가 있어서가 아닐까.

삼 성 혈 ,   그   신 비 로 운   역 사   속 으 로

나는 제주도에 오고 나서 삼성혈에 서너 번 다녀왔다. 그런데 개인적으로는 비가 조금 흩뿌릴 때 가는 게 더 신비롭다는 걸 말하고 싶다. 삼성혈은 아주 작은 비밀의 숲 같다. 비가 조금 내리는 날에는 더 신비한 기운으로 가득 차 있다. 그 신비로운 산책길을 따라 걸으면 제주의 역사가 시작된 곳이라고 머리로 아는 게 아니라, 마음으로 느낄 수 있다.

삼성혈은 숲처럼 산책길이 이어져 있다. 내가 갔던 날은 사람들이 별로 없어서 그런지 인간의 그림자 없이 신령스러운 기운만이 오롯이 넘쳤다. 처음 삼성혈의 산책길 시작점에 섰을 때 그 오묘한 기운 때문인지 나도 모르게 가슴이 두근거렸다.

우리는 역사적 공간에 가면 그 시대로 시간여행을 떠날 수 있다. 유적지에 가면 그 역사적 시간 속에 함께하는 것이다. 지금으로부

탐라국의 시조인 삼신인이 탄생한 곳.

터 약 4천여 전에 이 삼성혈에서 무슨 일이 있었는지 상상해보았다.

고을나(高乙那), 양을나(良乙那), 부을나(夫乙那)라고 불리는 삼신인이 이곳에서 동시에 태어나 수렵 생활을 했다고 한다. 그러다가 소와 말, 그리고 다섯 가지 곡식의 씨앗을 가지고 온 벽랑국 삼공주를 맞이하면서 농경 생활이 시작되었고 이후 탐라왕국으로 발전했다고 전해진다.

삼성혈에는 이 탐라국의 역사를 고려말에 이르기까지 신화적, 신화로 이루어진 건국 이야기부터 역사적 과정을 애니메이션으로 볼 수 있는 영상실이 있다. 약 15분 정도의 이 영상을 꼭 보라고 권하고 싶다. 처음 한두 번 갔을 때는 나도 그냥 지나쳤는데, 세 번째 갔을 때 이 애니메이션을 처음부터 끝까지 관람했다. 그동안 수천 편의 영화를 봐왔던 영화광인 내게 이 단순하고 짤막한 만화 영화가 이렇게 감동적일지 몰랐다.

그냥 무심하게 관광지라고만 생각해오던 제주도가 이런 세 명의 청년과 세 명의 아가씨가 만나 이어온 역사라고 생각하니까, 어쩐 일인지 가슴이 찡해왔다. 그 당시의 역사적 현장에 나도 모르게 끌려 들어갔다. 역사적인 물건이나 공간은 정말 중요한 것이다. 우리를 시간여행으로 초대해주기 때문이다. 그 순수했던 탐라국의 시작점을 떠올려보니, 이 세 쌍의 커플이 혼인식을 올렸던 혼인지로 빨리 가보고 싶어졌다.

풍경과 생각이
머무는 자리

혼인지

　　　　　　　　삼성혈의 신비한 기운과 설렘을
안고 혼인지로 향했다. 혼인지는 행정구역상 제주도 서귀포시 성
산읍 혼인지로 39-22에 있다. 삼성혈과 관련이 있는 이 유적지는
제주시와 반대편인 서귀포시 성산읍 온평리에 있는 것이다. 나는
삼성혈과 다른 날 방문했기에 상관이 없지만, 제주도를 며칠 관광
하러 온다면 이동 경로가 멀어서 같은 날에 두 장소를 하루 일정으
로 묶는 건 효율적이지 않다.

　나는 혼인지를 두 번 방문했는데, 첫날은 비가 좀 내렸다. 제주도
는 섬이라서 그런지 날씨가 몹시 변덕스럽다. 비도 자주 내린다.
맑은 날이 오히려 드문 편이다. 사진을 촬영하기엔 그리 협조적이

진 않지만, 비가 다소곳이 내리는 날에는 오히려 더 운치가 있다.

첫날 방문했을 때 찍은 사진들은 비가 내려서 그런지 디지털카메라의 메모리 카드에 에러가 나서 다시 방문해야만 했다. 그저 내 기분에, 신방굴을 촬영해서 책에 실으려고 했던 내 의도를 알아차려서 그 모습을 세상 속에 내보이기 수줍어하는 거라고 느꼈다.

두 번째 방문했을 때 드디어 신방굴을 카메라에 잘 담을 수 있었

다. 삼신인과 세 공주는 이 동굴에서 첫날밤을 보냈다고 하는데, 동굴 입구에 들어서면 세 방향으로 가지를 내어 작은 굴로 또 나누어져 있다고 한다.

이 3개의 굴에서 세 커플이 각각 신혼방을 꾸몄다고 한다. 너무 컴컴하고 구멍 자체가 그리 크지 않아서 아래로 내려가 보진 않았지만, 다녀온 사람들이 전하는 바로는 자그마한 공간이라고 한다. 이곳에서 청춘남녀 세 쌍이 첫날밤을 보낸 걸 상상해보니, 신방굴이 색다른 의미로 다가왔다. 탐라국의 생명이 진정으로 잉태되고 연속되는 지점이 아닐까.

혼인지 연못은 세 공주가

혼인식을 올리기 위해 목욕했던 곳이다. 그날의 역사를 한번 떠올려보니, 순서는 목욕재계하고, 예식을 올리고, 신방굴로 향한 것이다. 4천여 년 전에도 인간 예식은 그리 다를 바는 없었나 보다.

사 랑 의 　 원 형 을 　 찾 아 서

혼인지에는 연못 주변으로 잘 만들어진 데크길이 있어 풍경이 아름답다. 5월쯤 가보면 그 산책길을 따라 수국이 탐스럽게 피어 있다. 이곳에서 '사랑의 원형'을 생각해 본다.

4천여 전 이곳에서 맺어진 세 쌍의 연인. 탐라국의 역사를 이어가는 의미도 있지만, 그들을 그저 서로 사랑하는 청춘남녀로서만

바라보면 어떨까. 그들을 생각해볼 때, '사랑의 원형은 무엇일까?' 하는 질문이 떠오른다. 플라톤의 원형 이론을 따라 돌하르방의 원형을 찾아 나선 길, 그 길에서 만난 질문이다.

사랑이란 무엇일까. 정말 사랑한다면 어떻게 해야 할까. 자기 자신을 온전히 내주고, 어떤 상황이 되더라도 사랑을 잃지 말아야 하는 게 아닐. 4천여 전 세 쌍의 연인들은 끝까지 서로에게 헌신했을 것이다. 하지만 우리가 사는 이 시대의 사랑은 과연 그 원형을 보존하고 있는 걸까.

상대방이 어떤 상황에 있더라도 그 사람 자체를 사랑하는 것이 사랑의 원형일 것이다. 플라톤이 말한 사랑의 원형, 완전한 모습 그대로의 사랑. 그게 바로 사랑의 원형이 아닐까. 이상주의자들은 그런 사랑의 원형을 찾아 평생 헤매고 있는지도 모르겠다. 나는 너를 원형 그 자체로 사랑하고, 너도 나를 원형 그 자체로 사랑할 때 사랑은 완성되는 것.

사랑의 완성은 일방적 사랑이어서도 안 된다. 사랑의 원형의 완성된 모습은 서로가 상대에게 헌신적인 사랑을 쏟아야 한다. 하지만 현실에선 좋은 시절에 사랑하다가도 상황이 힘들어지면 팽개치고 떠나버리는 게 '사랑'이라는 이름으로 불린다. 이 세상에는 사랑의 모사가 너무 많다. 사랑을 닮으려 애쓰지만 사랑이 아니고, 사랑의 원형에서 멀어질 뿐이다.

　세상의 잣대, 기준, 그런 것이 사랑의 모사품이 되어간다. 상대방의 재산, 능력, 학벌, 이러한 것이 사랑의 기준이 되고 있다. 사랑의 모사가 사랑으로 불리는 시대, 사랑의 원형이 상실된 시대에 우리는 살고 있다. 우리는 과연 사랑의 원형을 찾을 수 있을 것인가. 이 상주의자들은 그래도 생의 끝까지 이 희망의 끈을 놓지 않으려 할지도 모른다. 사랑의 원형을 찾으러 계속 뚜벅뚜벅 걸어갈 것이다.

제 주 도 에 서   삼 신 과   ' 3 ' 의   의 미

제주도 역사의 시작점이라고 할 수 있는 삼성혈과 혼인지에 다녀오면 문득 떠오르는 숫자가 있다. 바로 '3'이다. 삼성혈, 삼인, 삼도읍이다. 혼인지에서 만날 수 있는 비석이 하나 있는데, 그 비석에는 다음과 같은 문장이 있다.

> 먼 옛날 신인이
>
> 세 곳에 도읍하셔
>
> 해 돋는 물가에서
>
> 배필을 맞으셨다네.
>
> 그 시절 삼성이
>
> 혼인했던 일은
>
> 전해 내려오는
>
> 주진의 전설과 같네.

혼인지의 전설을 말해주는 이 시에서도 '세 곳에 도읍하셔'라고 나온다. 제주도에서 '3'이 가지는 의미는 돌하르방의 원형을 찾아 나선 길에서 교차점이 보인다. 처음 제주도 지도를 펼쳐 들고 행정구역을 보자니 낯설고 복잡했다. 그런데 제주 버스정류장에서 간단한 지도를 만날 수 있었다. 섬 중심에 한라산이 있고, 그 한라산

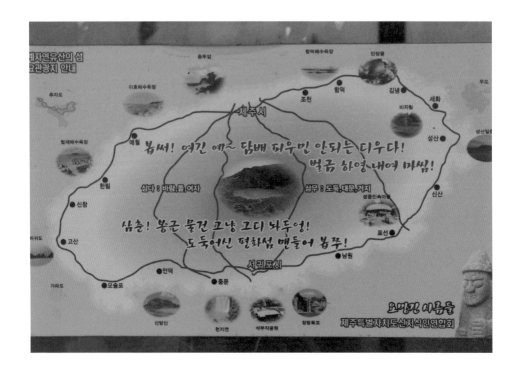

을 중심으로 위로는 제주시, 아래로는 서귀포시가 있다. 나는 이 지도를 보고 제주도가 선명하게 들어왔다.

하지만 돌하르방의 원형을 찾아 나선 길에서 만난 '3'이라는 숫자에 주목하면서 제주도의 본래 모습은 다른 데 있다는 걸 깨달았다. 제주도에는 원래 세 개의 성이 존재했는데, 바로 이 혼인지에서 식을 올렸던 삼신이 각각 다스렸던 곳이다. 그 세 곳이 바로 제주도 탐라국의 중심 구조였다.

제주도 민속자료 제2호에 따르면, 돌하르방은 원래 우석목, 무석

목, 벅수머리 등으로 불렸다고 하는데, 이 돌하르방은 본래는 제주
목(濟州牧), 정의현(旌儀縣), 대정현(大靜縣)의 성문(城門) 입구에 세
워졌다고 한다. 이처럼 '3'이라는 숫자에 주목하면 우리는 제주도
의 본 모습을 더 잘 바라볼 수 있다.

리본으로 된 제주 올레길 표식. 화살표 표시가 어려운 곳에서 나뭇가지 등에
매달아 사용하는 표식으로 파랑색과 주황색의 리본 두 가닥은 바람에 흔들리
면 멀리에서도 잘 보인다고 한다.

PART
2

'어디로
가야 할지'
묻다

Intro ; 귀를 기울여 보다

처음 제주도로 이주를 하기로 결심하고 나서 작업실을 어느 동네에 얻을지 고민이 되었다. 제주도는 내가 아는 곳이 아니라서, 어디로 가야 할 지 몰랐다. 사실 나는 제주도로 이주를 결심하기 전까지 제주도에 한번도 가본 적이 없었다.

그동안 제주도에 가려고 여행 계획을 세울 때마다 개인적으로 사정이 생겼다. 대학교 때 졸업 여행지도 제주도였지만, 그때 일이 생겨 가지 못했다. 제주도보다 먼 일본에는 몇 차례 여행을 갔지만, 제주도와는 유독 인연이 없었다.

한편으론, 제주도가 아무래도 국내 여행지라서 마음만 먹으면

언제든 갈 수 있을 거라고 생각했던 것 같다. 그런데 인생은 참으로 아이러니하다. 그렇게 쉽게 생각하다가 한번도 여행을 못 가본 곳으로 무작정 이주를 하게 됐으니 말이다.

'제주의 어느 동네로 이사를 할까?'

아는 게 힘인데, 모르니까 막막했다. 몇 날 며칠 밤낮 가리지 않고 정보의 바다, 인터넷을 헤매고 다녔다. 제주도에서 내가 아는 유일한 동네 이름이 '애월'이었다. 방송에서 워낙 유명해져서 일단 애월을 중심으로 자료를 모았다. '선택'을 위해서는 기본 자료가 필요했으니까.

애월은 일단 공항과 가까웠다. 코로나 시국이라서 제주를 벗어나 여기저기 돌아다닐 일이 없다 보니 공항이 가까운 건 별로 의미가 없었다. 하지만 '같은 값이면 다홍치마'라고 공항이 자동차로 20분 정도밖에 걸리지 않는 애월이 괜찮은 선택 같았다.

그런데 그다음은 시내 쪽으로 갈 것인가, 해안가로 갈 것인가의 문제였다. 하지만 그 해답은 의외로 쉬웠다. 제주도로 가는 목적이 힐링인데, 당연히 도심보다는 시골이 좋을 거라고 생각했다. 그래서 애월해안도로를 낀 한적하고 고즈넉한 동네에 자리를 잡았다. 제주도에서 내가 할 일은 책을 만들고 쓰는 일이었으니까, 작업하기에 평안한 곳이면 족했다. 출퇴근할 필요가 없으니까, 굳이 시내로 갈 필요도 없었다.

백지와도 같은 상태에서 제주도를 바라보다

나는 철저하게 제주도에서 이방인이었다. 내가 제주도에 관해 아는 지식은 거의 백지와 같은 상태였다. 그런데 한편으론 제주도를 무(無)의 관점에서 바라보니 선입견도 없이 원점에서 바라볼 수 있어 좋았다. 갓 태어난 신생아처럼 제주도를 알아가기 시작했다.

바람을 쐬고 싶을 때 집에서 나와서 5분 정도만 걸어가면 애월 바닷가가 나왔다. 느릿느릿한 걸음으로 돌담이 있는 골목을 지나 애월해안도로로 산책을 나갔다. 처음엔 그 나지막한 돌담들이 참으로 정겹고 신기했다. 고층의 아파트와 건물로 가득 찬 도시에서 느낄 수 없었던 마음의 평안이 저절로 찾아왔다. 풍경화 같은 동네 골목길을 거닐 때마다 꿈결을 걷는 듯 행복했다.

며칠 작업실에서 일하다가 좀 지치면 제주의 숲을 찾아 길을 나서기도 했다. 일단 먼저 제주 하면 회자되는 비자림, 사려니숲길을 걸었다. 제주의 숲은 야생의 세계 같은 느낌이었다. 초입에는 데크가 깔려 사람의 손길이 담겨있는 듯하다가도 계속 걷다 보면 자연과 나만 남았다. 코로나 시국이라서 관광객들이 눈에 띄지 않아 더 광야와 같이 고요하게 느껴졌는지도 모르겠다.

어떤 때는 혼자 숲길을 걷다 보면 묘한 긴장감이 흘렀다. 끝없이 이어지는 숲길에서 불청객을 만날까 한편으론 조마조마하기도 했

다. 그럴 때는 관광객들이 나타나기를 은근히 기대하기도 했다.

그러나 철저하게 나 혼자가 되는 그 순간, 숲의 소리에 귀를 기울여 본다. 숲과 만나는 그 시간은 진정한 나 자신을 만나게 해주었다. 때로는 다듬어지지 않은 숲의 나무들이 빼곡하게 들어서 있는 숲길에서 하늘을 올려다보면 지나간 일들이 주마등처럼 지나갔다.

모든 인연은 지나가는 법, 많은 것들이 순간에 불과하다는 생각이 스쳤다. 지금 내가 걷고 있는 이 길 위의 시간도 길게 보자면 찰나에 지나지 않는다는 것. 낯선 숲길을 계속 걷다 보면 시나브로 무념무상의 순간이 찾아온다. 어느덧 가빠진 숨을 헐떡이며 앞만 보고 걸어갈 때, 숲길이 어디쯤에서 끝날지 모른다. 중간중간 세워진 표지판에서 위치를 확인하지만, 안내판이 없는 길을 걸을 때 그 순간은 알 수 없다.

인생도 마찬가지라는 생각이 들었다. 무작정 태어나서 앞을 보며 걸어왔지만, 끝나는 지점이 어디쯤인지, 언제인지 알 수 없다. 어쩌면 숲길도, 인생도 그냥 걸어가니까 걸어가는 것일지도. 이 지점에서 나는 즐겨 묻던 질문을 떠올린다.

'우리는 어디에서 와서 누구이고 어디로 가는가'

숲길을 한참 걷다 보면 내가 어디에서 와서 어디로 가는지 망각하는 순간이 찾아온다. 그리고 내가 누구더라, 내가 누구였더라, 하는 생각이 든다.

나는 왜 이 낯선 숲길에서 걷고 있는지 모르겠다는 생각이 들 때도 있다.

제주도는 이렇게 한편으로는 정겨운 돌담길에서 한 폭의 그림 같은 낭만을 선사하지만, 때로는 황야에서 자아를 찾아 무작정 헤매게도 했다. 그렇게 시간이 흘러갔다. 제주에서 사계절을 다 보내고 나자, 차츰 놀라움과 신비함의 연속이었던 순간이 일상으로 굳어져서 익숙해졌다.

그리고 나는 돌하르방의 원형을 찾아 길을 나섰고, 그 길 위에서 제주 시내를 자주 나가게 됐다. 현재 돌하르방의 원형들이 제주시 쪽에 많이 분포되어 있기에 내 발길은 자연스레 자주 그곳으로 향했다.

그 길에서 제주 시내가 조선 시대에도 '핫플레이스'라는 것을 알았다. '관덕정'이라고 조선 시대 지방 곳곳에 있던 관아인데, 제주도에도 있었다. 조선 시대 제주도 원님이 머물던 그 핫플레이스로 나는 길을 떠났다.

그 시절
핫플레이스에 가보다

관덕정

                    제주 관덕정은 시내 쪽에 있다.
관덕정은 제주도에서 가장 오래된 건물로 보물 제322호이다. 관덕
정은 조선 시대 때 제주도가 제주목이라는 통치 단위로 구분되어
불릴 때 병사들이 무예를 닦는 장소로 사용하던 건물이라고 한다.
지방마다 이러한 건물, 관덕정이 조선 시대에는 있었다고 하는데,
지금까지 남아 있는 관덕정은 제주도가 유일하다.

  제주 관덕정은 국수문화거리와도 가까운데, 걸어서 15분 안팎이
다. 관덕정에 있는 돌하르방의 원형을 만나러 갔을 때 이곳도 오래
된 역사를 품고 있어서 그런지 운치가 있었다. 시간의 깊이라는 그
아우라는 어찌할 수 없나 보다. 천년고도 경주에서 마주했던 역사

의 그 깊은 향취를 느낄 수 있다.

제주에 와서 돌하르방의 원형을 찾아 나서면서 처음 알았는데, 돌하르방의 모습이 우리가 아는 그 모습 한 가지가 아니라고 한다. 흔히 우리가 관광지에서 만나는 돌하르방 모형은 두 눈이 두꺼비 모양으로 튀어나왔다. 그러나 서귀포 쪽 대정현이나 정의현에 있는 돌하르방의 모습은 다르다. 두 눈이 사람처럼 가늘게 되어 있다. 손의 모습과 위치도 다르다.

우리가 그동안 돌하르방이라고 알고 있었던 모습은 단지 제주도 돌하르방 여러 모양 중 하나에 불과했던 것이다. 다만, 제주도 돌

하르방 원형 중에서 제주시 돌하르방 원형이 관광상품의 모델로 선정되었을 뿐이다. 그 많은 돌하르방 원형 중에서 제주시 쪽에 있는 돌하르방이 관광 상품으로 그야말로 '픽!'된 것이다. 아마도 나처럼 돌하르방의 모습이 두꺼비 모양으로 두 눈이 불룩 튀어나온 게 전부라고 아는 사람들도 많을 것이다. 실제로 돌하르방의 원형은 다양한 모습이다.

돌하르방의 원형을 찾아 나서면서 돌하르방에게 질문을 던져 본다. 원형과 그 원형을 모사한 복제품, 진짜와 가짜 그 둘의 경계는 없는 걸까. 나중에 다른 장에서 정식으로 소개할 것이지만, 돌하르방 모형이 잔뜩 모여 있는 제주돌문화공원에 갔을 때 일이다. 그곳에는 돌하르방 원형이 1기가 있는데, 복제품들과 달리 따로 전시되어 있다. 거길 찾아온 한 가족의 대화가 언뜻 들렸다. 내가 방금 던진 질문에 대한 해답의 단서가 아닐까 싶다. 대여섯 살쯤 되어 보이는 아이에게 아빠가 설명해준다. 혼자 우뚝 따로 전시된 돌하르방 원형 앞에서.

"여길 봐. 이 돌하르방은 정말 오래된 진짜야. 저기 수많은 돌하르방과 달리 딱 하나 있는 것이지."

그렇다. 사람들이 원형과 복제품을 대하는 태도는 이처럼 현저하게 다르다. 진짜와 가짜는 엄밀하게 따져봤을 때 그 가치에 엄청난 차이가 있다. 바로 그 차이의 근원은 '유일'하다는 이유 아닐까.

제주돌문화공원에 있는 돌하르방 원형 1기의 모습.

원형은 이 세상에 단 하나로서만 존재한다. 하지만 복제품은 무한정 만들어낼 수 있다. 진짜는 그 자체의 존재만으로도 가치가 있다. 하지만 가짜는 진짜와 겉모습은 같지만, 진짜가 될 수는 없다.

관 덕 정 에 서 만 난 돌 하 르 방

조선 시대에도 핫플레이스였고, 현재에도 시내 중심에 속하는 관덕정에는 돌하르방의 원형과 모사품이 섞여 있다. 현대에 와서 모사품을 따로 만들어 놓은 것일 거다. 돌하르방의 원형과 모사품

관덕정 소방시설 소품으로 사용된
돌하르방 모사품.

을 구분하는 방법은 오랜 시간의 터널을 지나온 원형에선 표면에 이끼가 끼고 울퉁불퉁 거친 느낌이 난다. 아주 긴 세월 동안 비와 바람에 버텨와서 그러한 것이리라. 반면에 모사품은 새것처럼 단정하다. 갓 세수한 것처럼.

제주도에 와서 느낀 건데, 돌하르방 원형을 아주 잘 보존하고 있지는 않았다. 조금은 방치된 느낌이었다. 얼핏 지나갈 때는 아마 돌하르방 원형이 거기 존재하는지 모르고 지나칠지도 모른다. 그 정도로 이제 그리 많이 남지 않은 돌하르방의 원형들이 제자리를 찾지 못한 것 같다. 이제까지 이 돌하르방 원형들이 제주의 여기저기로 위치를 옮겨 다녔다는 것만 봐도 우리가 '원형', '진짜'에 대한 가치를 존중하지 않고 홀대하는 건 아닌지 생각해보게 한다.

우리나라 사람들은 대부분 '진짜'보다 '가짜'에 더 열광한다. 우리의 교육은 본질보다는 현상을 보는 것에 더 집중했다. 학교에서도 원리를 이해하는 공부 방식보다는 암기 위주의 교육 방식을 더 따라왔으니까. 이런 교육 방식이 눈에 보이는 것에만 가치를 두고, 그 현상 너머 본질을 꿰뚫어 보는 통찰력이 부족한 어른으로 길러내는 건 아닐지.

그래서 그런 걸까. 그동안 출판 일을 해오면서 출판계에서도 가짜를 많이 봐왔다. 남의 글 중에서 좋은 문장만 짜깁기해서 자기 책이라고 출판하는 자기계발서들이 많다. 그런데도 독자들은 그 본질을 꿰뚫지 못하고 가짜에 환호한다. 좋은 글귀로만 가득 차 있기에 현상적으로는 아름다운 내용이니까. 때로는 가짜가 진짜보다 더 화려하다.

내가 만난 돌하르방 원형들도 모사품보다 훨씬 투박해 보였다. 진짜는 겉모습만 볼 때는 가짜보다 덜 화려하고, 덜 보기 좋다. 우리가 세상에서 만나는 가짜들의 겉모습도 그렇다.

하지만 이런 가짜의 모습은 이솝우화의 한 장면을 떠올리게 한다. 이솝우화 중 까마귀가 새들 경연대회에서 일등 하는 이야기와 똑같다. 옛날옛적에 신이 숲속의 새 중에서 누가 제일 아름다운지 경연

관덕정 뒤쪽에 있는 돌하르방 원형 2기의 모습이다.

대회를 벌였다. 그래서 온갖 새들이 단장하고 나타났는데, 결국 그 대회에서 일등을 한 새는 까마귀였다. 까마귀는 다른 새들의 화려한 깃털을 다 모아서 자기 깃털인 것처럼 속이며 몸에 붙여 놓았다. 예쁜 깃털로만 가득한 까마귀가 제일 화려하고 아름다운 건 당연한 거였다. 그제야 까마귀의 꼼수를 눈치챈 다른 새들이 소리쳤다.

"야, 이 양심 없는 까마귀야. 염치가 좀 있어라. 내 깃털 다 내놔!"

이렇게 까마귀에게 호통치고 따지면서 다가온 새들은 모두 다 자기 깃털을 찾아갔다. 그리고 나니 까마귀는 다시 화려한 깃털이 하나 없이 볼품없는 원래의 모습이 되었다.

돌하르방에 길을 묻는다. 어디쯤일까. 이제 우리는 원형과 모사품의 경계 어디에서 의미를 찾아야 하는 걸까. 그리고 진짜와 가짜가 뒤섞여 있는 이 세상 속에서 어느 길로 가야 하는 걸까. 이 세상에는 가짜가 너무 많다. 그런데 문제는 진짜인 척하는 가짜들이 너무 많다는 것이다. 수많은 원형과 모사품 속에서 진짜를 가려낼 지혜에 목마르다.

숲의 정령이
사는 곳

사려니숲 · 비자림 · 절물휴양림 · 한라생태숲

제주도를 떠올릴 때면 바다를 먼저 생각하겠지만, 숲도 많다. 귀동냥으로 자주 듣던 그 이름, 사려니숲과 비자림은 제주도에서 정말 유명하다. 그런데 그보다 덜 알려졌지만, 한라수목원과 절물휴양림, 한라생태숲도 빼놓을 수 없다. 나는 개인적으로 한라생태숲이 제일 좋았고, 절물휴양림도 기억에 남는다.

내가 2년 살이 해본 제주도에서 가장 마음에 드는 곳을 다섯 손가락으로 꼽으라면, 이 한라생태숲을 추천할 만큼 절대로 놓치면 안 되는 힐링 공간이었다. 제주도의 숲에는 정말 숲의 정령이라도 사는 듯 신령한 기운이 흘렀다. 아마 대부분 야생 그대로 보존되기

에 그런 신비스러운 기운을 느낄지도. 마음의 문을 열고 제주의 숲을 방문한다면 분명 그곳에 사는 숲의 정령과 만날 수 있으리라.

해발 600m에서 900m 정도의 위치에 자리 잡았다는 한라생태숲을 방문한 날은 날씨가 꽤 흐리다 싶었지만, 일기예보에는 비 소식이 없었다. 그래서 안심하고 출발했다. 하지만 막상 도착하고 보니, 비가 부슬부슬 내렸다. 일기예보가 틀렸나 싶었는데, 나중에 돌아오는 길에 보니 시내 쪽에는 도로가 말라 있었다. 제주에는 이렇게 산간 쪽 날씨와 시내 쪽 날씨가 다르다. 하여튼 이날에는 비가 많이 쏟아지지 않고, 이윽고 가랑비 오듯이 와서 그나마 다행이었다.

비 오는 날에 숲이 오히려 더 싱그러워지는 걸 아는가. 나무 냄새도 더 많이 나고, 오묘한 자연의 냄새가 진짜 좋다. 이날 카메라가 젖을까 봐 좀 걱정스러웠지만, 그래도 세찬 비가 아니라서 무사히 촬영을 마쳤다.

숲길은 그냥 발길 닿는 대로 걸어야 자유를 만나는 법

한라생태숲은 제주도에서 제일 마음에 드는 곳 중 하나가 될 것 같다. 나중에 기회가 되면 꼭 다시 가볼 생각이다. 특히 좋았던 점은 숲길이 잘 정돈되어 있고, 중간에 앉아서 쉴만한 곳도 공원처럼 잘되어 있었다는 것. 숲에서 다양한 식물군을 접할 수 있어 단조롭지 않아서 좋았다.

사진 촬영하기에도 좋았고, 일단 숲 냄새가 너무 좋아서 마음에 들었다. 다른 곳과 비교해서 상대적으로 덜 알려져 그런지 몰라도 한적하고 고즈넉해서 참 좋았다. 비가 와서 사람들이 별로 없었을 수도 있고, 일요일 오후라서 관광객들이 다 돌아가서 그럴지도 모르고. 다음에 소중한 사람이 생기면 꼭 다시 와보고 싶을 정도로 마음에 남았다.

한라생태숲에는 곳곳에 벤치가 마련되어 쉬었다가 갈 수도 있다. 또 이곳은 사진촬영하
기에도 좋을 만큼 운치가 있다.

특이한 점은, 한라생태숲에서는 가을이 아니더라도 단풍나무를 만날 수 있다는 것이다. 서프라이즈한 경험이다. 나는 5월에 방문했는데, 봄에 만나는 단풍나무는 색다른 맛이었다. 항상 의외의 순간에 기대하지 않았던 존재의 출현은 일상적이지 않아서 참으로 반갑다. 한라생태숲은 공항과 그리 멀지 않은 제주 시내 쪽에 있다. 그리고 돌아보는 데 시간도 별로 걸리지 않기에 가벼운 마음으로 한번 방문해볼 수 있는 숲길이다.

제주도에 오면 빼놓지 않고 가본다는 사려니숲, 비자림도 피톤치드를 맘껏 마실 수 있는 힐링 공간이다. 사려니숲길은 여러 번 찾아서 걸어봤다. 한두 번은 초입에만 좀 걷다가 돌아오기도 하고,

한라생태숲에는 사계절 내내 단풍나무를 만날 수 있다.

〈한라생태숲〉

연리목.

〈사려니숲〉

〈비자림〉

한번은 거의 끝까지 걸었는데, 사진을 찍으며 걷다 보니 서너 시간 넘게 걸린 듯하다. 제주시 쪽에서 출발해 서귀포 쪽으로 나왔다. 오랫동안 걷다 보면 사려니숲의 신성한 기운에 동화되기도 한다.

비자림도 몇 번 걸어 봤는데, 나는 항상 숲길을 끝까지 가는 것에 집착하지는 않았다. 그냥 오롯이 숲을 즐기면 그만이라는 생각이 들었기 때문이다. 가끔은 중간까지 가기도 하고, 더 멀리 가기도 했다.

나는 제주에 와서 살면서도 올레길 완주 같은 것엔 전혀 관심이 없었다. 제주도에 와서 살아 보니 올레길이 그다지 큰 의미가 있는 것 같지 않아서이다. 그저 동네만 나가도 모두가 다 올레길이었다.

그래서 굳이 '완주'라는 인위적인 공식에 집착해서 나를 가둬두고
싶지 않았다. 그냥 걷고 싶은 만큼, 그때마다 마음이 내키는 대로
만 걸었다. 자유가 그리워서 찾아온 제주에서조차 사람들이 만들
어 놓은 규격에 맞춰 완주 도장을 찍으며 살고 싶진 않았기에.

숲 에 서 ' 나 ' 를 만 나 다

　제주도의 숲을 걸으며 나 자신을 찾는 작업을 했다. 그동안 출판
사를 운영하면서, 한편으로는 작가로서 책을 집필하면서 살아온
시간을 반추했다. 사업가로서 가장 떨쳐버려야 할 기질은 '과거에

절물휴양림

집착'하는 것이다. 의미에 연연하는 것이다. 내 안에는 작가적 자아와 사업가적 자아가 있는데, 그 두 기질이 충돌하는 거였다. 작가로서 살 때는 모든 것에 의미를 두고 가치를 부여하는 것이 작가의 자질로서 영감을 불러일으켜서 좋다. 하지만 사업가의 자질로서는 장애물이다. 그런데 한 사람 안에 상반되는 두 가지가 공존한다는 게 사실 힘겹다.

그래서 사업을 할 때 세상의 기준과 손익계산에 의해서 평가하고, 과거에 실패한 것에 대해서 깨끗이 잘라버려야 하는데도 나름의 의미를 부여했다. 다른 각도에서 가치를 부여하고, 그것을 오랫동안 부여안고 있었던 것이 코로나에 버티지 못하는 저질 체력이 된 가장 큰 원인이었다.

하긴 출판이라는 사업이 오로지 손익계산만 하는 사람이 덤벼들기엔 그리 좋은 먹잇감은 아니다. 내가 늘 말하지만, 출판이란 일제강점기 때 독립운동을 하는 마음으로 뛰어들고 버티는 것이다. 하지만 사업은 이윤을 추구해야 하고, 그게 목적일 때 남들이 보기에 표면적으로 성장하는 것처럼 보인다.

제주도의 길고 긴 숲길을 걸으며 나는 물었다.

'앞으로 어떻게 살 것인가'

사업가로서 이익을 추구하고, 손익계산을 위해 가치를 희생하고, 의미를 저당 잡히는 일은 내게 걸맞은 옷이 아니라는 결론을 내렸다. 그래서 앞으로는 작가로서만 살기로 했다. 제주에서 나는 나를 발견한다. 진짜 나 자신을 찾아간다. 내가 서 있을 자리를 찾았다.

　무엇이 옳은가, 어떻게 사는 것이 옳을까. 나는 그 답을 찾기 위해 제주에 왔다. 그리고 돌하르방에게 묻는다. 과연 원형을 찾는 길이 옳을 것인가, 모사품에도 만족해야 하는가. 아직도 나는 완전한 답을 찾지 못했다. 하지만 이 길의 어디쯤에서 그 답을 얻으리라는 희망의 끈을 놓지 않는다. 그래서 또다시 길을 나선다.

PART
3

'무엇을
지켜갈지'
묻다

Intro ; 길을 만들어가다

　　　　　　　　　나는 어릴 때 사진작가가 꿈이었다. 그러나 누군가가 말했다. 너같이 몸집도 작고 힘도 없는 애가 어떻게 무거운 사진 장비를 들고 사진 촬영을 하러 돌아다닐 수 있겠냐고. 그때는 그랬다. 그 시절엔 사진을 찍으러 무거운 카메라를 들고 야외로 돌아다니려면 체력이 필요했다. 그 말이 틀린 건 아니었다. 하지만 세상이 변했고, 기술은 발달했다. 이제 나의 작은 손에도 정말 잘 맞고, 그립감이 느껴지는 고성능 DSLR 카메라가 탄생한 것이다.

　그런 시대를 살고 있다. 어떤 의미에서든 우리를 더 자유롭게 하는 디지털 시대가 왔다. 그래서 나같이 체구가 작고 체력이 약한 사람도 성능이 아주 좋은 디지털카메라를 들고 야외로 누빌 수 있다. 게다가 삼각대도 아주 가볍고 부피가 적은 제품이 줄줄이 출시되었다.

세상은 이렇게 변하고 환경도 변한다. 그러니까 꿈을 포기하면 안 된다. 더 현명한 판단을 하는 것 같은 남들이 뭐라고 조언을 하든, 그 누가 무슨 말을 하든, 자기가 간절히 원하는 꿈이 있다면 그 방향으로 나아가면 된다. 일단 시작해서 가다 보면 길이 생긴다.

설사 그 길이 중간에 끊어졌다고 하더라도 기다리면 되고, 혹은 길을 만들면 된다. 나는 사진작가의 꿈을 마음속에 품고 있었고, 그 꿈을 놓지는 않았다. 그리고 기다렸다. 내 꿈을 펼칠 좋은 시절이 오기를. 그런데 이번에 제주로 내려오면서 그 꿈을 다시 열어볼 마음이 생겼다. 제주의 풍경은 카메라를 그저 갖다 대기만 해도 작품이 되니까 말이다.

꿈을 지키는 방법, 남의 시선으로부터 자유로워지기

나는 제주에서 다시 사진작가의 꿈을 꾸기 시작했다. 오랫동안 내 안에만 밀봉돼 있던 그 꿈이 제주에서 다시 날개를 펴려고 꿈틀거렸다. 이 책은 그 꿈의 '출발'이라는 의미도 담고 있다. 제주에 관련된 책을 준비하면서 사진작가라는 꿈을 향해 한 발자국 내디디어 보기로 했다. 뭐든지 '시작이 반이다'라는 말은 맞다. 일단 시작하는 게 중요하다. 남들이 뭐라고 하든 '내가 시작이라고 생각하면' 그게 시작이다. '시작은 미약하였으나 그 끝은 창대하리라' 라는 성경 구절처럼 일단 시작하고 보면 대단한 뭔가가 안 되더라도 최소한 꿈은 지킨다. 그리고 진정성 있는 열정으로 계속 그 꿈을 키워나간다면 끝도 창대할 수 있다.

자기가 꿈을 감당할 자신이 있고, 끝까지 지키고 나갈 용기가 있다면 정말 끝이 보일 때까지 나아가라. 잘못하면 그 끝이 '바닥'이 될 수 있더라도 나아가라. 다시 한번 강조하지만, 그 꿈을 감당할 수 있다면 말이다. '감당한다'는 말이 무슨 의미냐 하면, 남들의 시선으로부터 자유로워진다는 뜻이다. 남이 무슨 말을 하든 감당할 수 있어야 한다는 의미다.

세상은 항상 보는 각도에 따라 달라진다. 세상이 '바닥'이라고 이름 지은 곳도 생각하기 나름이다. 영화에서 절벽을 오르는 장면을 촬영할 때, 때로는 이런 기법을 쓴다고 한다. 바닥에서 기어가는 걸 찍어서 그 화면을 옆으로 눕혀 보여주면 그게 영화를 보는 사람에겐 절벽이 된다.

남들이 '바닥'이라고 조롱할 때도 꿈을 지키는 사람에겐 그게 꿈으로 가는 길의 한 부분일 뿐이다. 꿈을 놓지 않는다면 그 바닥은 길이고, 꿈으로 가는 통로가 된다. 하지만 그 바닥에서 좌절하고 꿈을 놓아버린다면 그 바닥은 진짜 '바닥'이 되고 만다.

" 니 가 한 번 해 봐 라 ! "

중학교 때 내 꿈은 헤르만 헤세 같은 작가가 되는 것이었다. 중학교 1학년 때 〈데미안〉을 읽고 헤세에 빠져버린 것이다. 지금 나는 '헤르만 헤세 같은' 작가는 아직 아니지만, 어쨌거나 책을 쓰는 작가는 되었다. 거기다가 '덤'으로 출판사도 있지 않은가. 나쁘지 않은 결과물이다. 내 꿈에 대해 나는 응답한 것이다. 이제 나는 언제라도 마음만 먹으면 내가 쓴 책을 출판할 수 있는 '자유'를 얻었다.

하지만 여기까지 오는 게 그리 쉬운 길은 아니었다. 항상 자유는 대가를 수반한다. 남이 보내는 따가운 시선도 때로는 견뎌내야 할 때가 있다. 그 속에서 나를 가장 힘들게 한 것은 원형의 길을 걸어야 할지, 모사의 길을 좇아야 할지 선택해야만 하는 순간이었다.

출판시장은 다른 시장과 마찬가지로 트렌드를 중요시한다. 대중들에게 인기가 있고, 잘 팔리는 상업적인 흐름을 파악해서 그 트렌드를 따라 제품을 생산하는 것이다. 하지만 내 꿈은 '상품'으로서의 책을 만드는 게 아니라, '작품'으로서의 책을 만드는 거였다. 그러나 계속 책을 만들어내는 제작 환경을 현실적으로 구축하려면 그 트렌드를 따라야 하는 아이러니한 상황이 벌어졌다.

나는 돌하르방에게 묻는다. 원형의 길을 따라야 하는지, 모사품의 길을 따라야 하는지. 우리는 자신의 꿈이 원형이 될지, 모사품이 될지 결정해야 할 때를 맞이한다. 나는 내가 쓰는 책이, 그리고 내가 만드는 책이 모사품이 되길 원하지 않는다. 아무리 요즘 시장에서 잘 팔리는 트렌드가 있다고 한들, 남이 가는 길을 모방하고 싶지는 않다.

상품을 출시할 때는 시장조사라는 게 있다. 요즘 잘 나가는 상품의 특성을 파악해서 비슷하게 만드는 거다. 나는 책을 만들 때 그런 시장조사 같은 걸 이제까지 거의 해오지 않았다. 내가 다른 출판사 직원이었을 때는 가끔 했지만, 내 출판사를 하고부터는 한 번도 하지 않았다. 그러려고 내 출판사를 만든 것이기에. 어떤 사람들은 이 지점에서 이렇게 비웃을지도 모른다. "그래, 그래서 코로나에 금방 비틀거리는 약체의 출판사를 가지게 된 거야."라고 말이다. 실제로 나에게 어떤 사람들은 10년 동안 출판사를 운영해오면서 제대로 된 건물 하나 가지지 못하고 뭐했냐고 비아냥댄 적도 있다.

그럼 나는 그들에게 말한다.

"니가 한번 해봐라!"

사람들은 쉽게 남의 꿈에 대해 내뱉는다. '잘 알지도 못하면서.' 내가 제일 좋아하는 감독의 영화 제목처럼 말이다. 이 지점에서 나는 돌하르방에게 길을 묻는다. 내가 앞으로도 지금까지와 같이 '원형'을 갈망하는 꿈을 꾸어도 되는지. 원형을 베끼는 그런 구차함으로 이익을 탐하고 싶지는 않다. 대단한 작품은 아니더라도 그 원형만이 갖는 독특함, 창조성, 그런 원형 자체의 미덕을 품고 싶다. 그런 책만을 쓰고 만들고 싶은 게 과연 이 시대에는 이토록 힘든 일이었는지, 나는 그것을 돌하르방에게 묻고 싶다.

제주민속자연사박물관 돌하르방 2기

보물을
찾아서

제주민속자연사박물관 돌하르방

제주도에서 돌하르방의 원형을 찾아 나선 길. 그 길 위에서 제주민속자연사박물관이라는 곳까지 갔다. 제주민속자연사박물관은 삼성혈과 걸어서 3분 거리에 있다. 삼성혈에 간다면 꼭 근처에 있는 이곳도 방문하는 게 좋다.

제주민속자연사박물관에 들어가기 직전 길목에 돌하르방 원형 2기가 서로 마주 보고 서 있다.

그런데 삼성혈에서 제주민속자연사박물관까지 걸어가는 그 짧은 3분가량 길에서 거대한 돌하르방처럼 생긴 붉은 조형물을 만났다.

제법 멀리서도 눈앞에 그 존재감이 드러났다. 알고 보니, 주차장에 세워져 있는 돌하르방 조형물이었다. 분명 돌하르방의 모사였다. 하지만 이 돌하르방은 원형을 닮았지만, 똑같지 않고 창조성이 담겼다.

제주민속자연사박물관 주차장 입구에 서로 마주보고 서 있는 돌하르방 원형 2기의 모습.

　어떻게 보면 아기처럼 귀여운 표정의 돌하르방 같기도 해서 나는 가던 길을 멈추고 한동안 눈을 떼지 않고 바라보았다. 그만큼 또 하나의 예술품 같은 느낌이었다. 나는 순간적으로 머리에 전기가 흐른 듯 깜짝 놀랐다. 아기처럼 귀여운 웃음을 띠고 있는 그 돌하르방을 보고 있자니, 그동안 내가 던진 질문에 대한 답의 힌트를 주는 것 같았기 때문이다.

　원형과 모사, 그 수많은 갈림길에서 어느 길로 가야 하는 건지. 이 세상엔 모사가 너무 많은데, 그럼 그 모든 모사가 무의미한 것인지. 이에 대한 답을 이 거대하고 빨간 조형물의 돌하르방이 웃으면서 이렇게 말을 하는 것 같았다.

"원형을 그대로 모사한 것은 그냥 복제품일 뿐이야. 하지만 모사를 통한 새로운 창조, 그것이 새로운 원형으로 나아가는 길이지. 그래서 원형과 모사의 그 경계선이 무너지는 셈이야. 새로운 창조적 원형이 탄생하는 거지."

그래, 맞다. 창조적 정신이 깃들지 않는 모사는 별 가치가 없다. 하지만 이 빨간 돌하르방처럼 새로운 창조성으로 다시 태어난 모사품은 그 자체로 이미 원형이 아닐까. 비록 이 빨간 돌하르방이 뛰어난 예술품은 아니더라도 내 눈에는 창조성을 지닌 대상으로 보였다. 적어도 내게 질문의 답을 안내해주는 귀여운 요정과도 같았다. 나는 이 요정에게 "고마워! 내게 힌트를 줘서"라고 말하면서 제주민속자연사박물관으로 발길을 옮겼다.

'돌하르방 원형'이라는 보물찾기

제주민속자연사박물관으로 들어가기 위해서는 입장료를 내야 한다. 하지만 얼마 하지 않는데, 그마저도 나는 50% 도민 할인을 받고 들어갔다. 제주도로 주소지를 옮겼기 때문이다.

박물관 건물로 올라가는 계단의 입구 양옆에는 거대한 돌하르방 2기가 있다. 돌하르방의 원형을 찾아 처음으로 길을 나섰을 때 나

제주민속자연사박물관 건물의 계단 입구 양옆에 서 있는 돌하르방 모사품 2기. 제주시 돌하르방 원형처럼 두 눈이 두꺼비를 닮은 왕눈이다. 돌하르방 원형보다 더 늠름하고 거대한 모사품.

제주민속자연사박물관 정문의 모습.

제주민속자연사박물관 건물과 그 계단, 돌하르방 모사품 2기가 다같이 보이는 풍경.

제주민속자연사박물관 정문을 지나 계단이 있는 건물로 들어서기 직전에 볼 수 있는 풍경. '혼저옵서예'는 제주도 사투리로 '어서 오세요'라는 말의 의미다. 여기서 주의할 것은 '혼자'가 아니라 '혼저'라는 것이다. 보통 사람들이 혼동하는 지점.

는 이 돌하르방이 원형인 줄 알았다. 그때는 돌하르방 원형과 모사품의 차이점을 잘 모를 때였다. 그저 제주민속자연사박물관에 원형 2기가 있다고 해서 찾아갔는데, 길목에 있던 돌하르방 원형을 미처 못 본 거였다. 박물관 안에 자리한 줄 알고 혼동했다. 제주도의 돌하르방 원형 앞에 안내판을 눈에 띄게 붙여주면 나처럼 그냥 지나치는 사람들이 없을 텐데 말이다.

원형은 존중받고 그 의미와 가치에 걸맞은 대접을 해줘야 한다. 서귀포의 대정현과 정의현 돌하르방 원형에는 안내문이 잘 설치되어 있어서 길을 가다가도 멈춰설 수 있다. 내 바람으로는 모든 돌하르방 원형에 좀 더 눈에 띄는 표지판을 설치해주었으면 한다. 돌하르방 원형을 보존하고 존중하기 위하여 더 철저한 관리와 안내판이 빨리 마련되었으면 하는 바람이다.

돌하르방의 원형을 찾아 나선 길에서 처음에는 이처럼 구별을 잘하지 못했지만, 한참 찾아다니다 보니 원형과 모사품의 차이를 확실히 알게 되었다. 일단 너무 매끈한 건 원형이 아니다. 돌하르방 원형은 길고 긴 세월과 역사의 흔적이 그대로 묻어 있다. 돌하르방 원형에 대한 위치가 구체적으로 정확하게 정리된 자료가 잘 없어서 처음에는 '숨은 그림 찾기'처럼 두근거리는 마음으로 찾아다녔다.

나는 제주도도 처음인 데다가 아는 사람도 없고 지리도 잘 모르

는 처지였다. 모든 곳이 다 낯선 동네였다. 방문하는 곳마다 머리
털 나고 다 생전 처음 가보는 곳이었다. 나는 마치 탐험가처럼 보
물이 묻힌 곳을 찾아 헤매듯이 돌하르방 원형들이 있을법한 미지
의 세계로 매일 길을 나섰다. 대략적인 장소는 인터넷 블로그에 있
었지만, 공식적인 자료도 아니고 그동안 위치가 여러 번 바뀌었던
전력이 있기에 불안했다. '과연 그곳에 정말 돌하르방 원형이 있을
까?' 매번 이런 의구심을 가지고 그 장소로 향했다.

이런 불확정성이 때로는 여행에서 더 큰 재미와 기쁨을 주기도
한다. 확실하지 않은 그 장소에서 돌하르방 원형을 발견했을 때 그
반가움이란! "진짜 네가 그 자리에 있었구나!" 하는 감탄을 자아내
게 한다. 나는 돌하르방 원형을 정말 보물처럼 조심스럽고 고귀하
게 바라보면서 카메라에 이 귀중한 자료들을 사진으로 듬뿍 담았
다. 돌하르방 원형이 여러 기가 있는 곳에선 전체 모습이 담긴 풍
경 사진을 찍기도 하고, 각각 개별사진으로 남겨서 자료로도 손색
이 없는 데이터를 많이 확보했다. 정말 보물 같은 자료다.

'제주도 돌하르방 원형 투어 코스'가 생기길 바라면서

사실 나는 사명감을 가지고 이번 책을 준비했다. 제주도라는 곳
을 사람들이 다 알고, 돌하르방이 제주도의 상징물이라는 것도 다

1 제주민속자연사박물관 전시실에 제주특별자치도 무형문화재 제5호 송당리 마을제를 재현해놓은 모습.

2 해녀들이 물소중이를 입고 불을 쬐는 풍경을 재현해 놓은 제주민속자연사박물관의 전시실. '물소중이'란 네이버 국어사전에 따르면, 제주도에서 해녀들이 물질할 때 입던 전통 노동복. 어깨에 걸개끈이 있고, 가랑이 밑이 넓으면서도 막혀 있다. 가슴과 몸통은 가리고 팔과 다리는 노출되는 짧은 홑옷이다.

3 제주민속자연사박물관의 민속전시실 1관은 2층으로 되어 있는데, 들어서면 바로 고기잡이배가 가운데에 있는 걸 볼 수 있다.

안다. 하지만 돌하르방 원형이 존재한다는 사실을 많은 사람이 잘 모른다. 나 역시도 몰랐으니 말이다. 게다가 돌하르방 원형이 여러 가지 모습으로 존재한다는 사실은 더욱 잘 모른다. 제주도를 다녀가는 많은 이들이 예쁘게 사진이 나오는 카페의 위치는 잘 알아도, 우리의 돌하르방 원형에 대해선 아는 게 거의 없다는 것이 솔직히 안타까웠다.

이번 책은 내가 출판을 하는 사람으로서 우연히 제주살이하면서 알게 된 돌하르방 원형들에 대한 자료를 정리해 남기고 싶어서 세상에 나온 이유도 있다. 돌하르방 원형 사진 자료를 정리하고 확보해서 많이 알려야겠다는 마음으로 만들게 되었다. 그냥 자료집 형태로 나온다면 재미가 없어서 사람들이 흥미를 느끼지 못해 덜 알려질 것 같았다. 반면에 말랑말랑한 에세이 형태가 된다면 보다 많은 독자가 우리의 돌하르방 원형에 관심을 가질 수 있으리라 생각했다.

그리하여 내가 바라는 건 이 책을 계기로 '제주도 돌하르방 원형 투어 코스'가 생겼으면 하는 것이다. 역사의 흔적을 되새기며 원형의 의미와 가치에 대한 사색이 있는 아주 뜻깊은 여행 코스가 아닐까 싶다. 최소한 이 책만으로도 돌하르방 원형을 찾아 나서는 여행의 길잡이가 되길 바라는 마음이다.

한편, 제주민속자연사박물관에는 건물 앞에 돌하르방의 거대한 모사품뿐만 아니라, 다양한 석상 작품들이 있어서 구경하는 맛이 있다. 건물 안에 들어가면 눈에 바로 들어오는 것이 대형수족관 안에 거대한 산갈치가 박제되어 전시된 모습이다. 이 산갈치는 한 달 중 반은 산에서, 반은 바다에서 살았다는 전설을 간직하고 있다.

　또 전시실에는 제주 사람들이 오랜 세월 동안 척박한 자연환경 속
에서 버티면서 삶을 개척해온 정신을 다양한 입체적 조형물로 살펴
볼 수 있다. 한마디로 제주민속자연사박물관은 제주의 역사와 전통
과 문화가 살아 숨 쉬는 공간이다. 제주의 역사와 문화에 대해서는
우리가 잘 모르는 부분이 많기에 한 번쯤 가서 아기자기하게 잘 꾸
며놓은 모형들로 그 역사를 생생하게 알아보는 것도 좋을 것이다.

제주민속자연사박물관 전시실의 한 모습. '척추동물의 골격'이라는 제목으로 여러 동물이 박제되어
전시되어 있다. 땅에서 하늘로 날아가는 독수리의 모습이 인상적이다.

제주민속자연사박물관 전시실에 있는 반달가슴곰의 박제된 모습.

해변의
노래

한담해변 · 협재해수욕장 · 곽지해수욕장 · 김녕해수욕장 ·

함덕해수욕장 · 월정리해수욕장 · 세화해수욕장 ·

광치기해변 · 사계해변

　　　　　　　　　　　'제주도' 하면 역시 바다가
먼저 떠오른다. '섬'이니까 당연한 이야기지만, 꼭 제주도
에만 바다가 있는 건 아니지 않는가. 그럼 왜 제주의 바다
를 다들 특별하다고 생각할까.

　2년 동안 제주살이를 하면서 일 년에 한두 번 정도 육지
에 볼일이 생겨 나갔다 왔다. 한번은 부산에 가서 택시를
탔는데, 택시 기사님과 이런저런 이야기를 나누다가 내가
제주살이를 하고 있다는 말이 나왔다. 그때 택시 기사님이
얼마 전에 제주도로 가족 여행을 다녀온 소감을 말씀하셨
다. 연세가 지긋하신 분인데 부산에서 태어나고 오랫동안

〈한담해변〉

〈협재해수욕장〉

사서서 제주도에 가서도 별로 볼 게 없었다고 하셨다. 바다도 늘 보던 바다여서 별 감흥이 없었다고.

　기사님의 이야기를 듣다 보니, 그도 그럴 법해서 나는 별다른 대답을 하지 않고 듣고만 있었다. 나도 바다와는 참으로 인연이 깊다. 태어난 곳도 경남 진해라는 군항이 있는 곳이고, 또 태어난 지 얼마 되지 않아 포항으로 이사를 와서 어린 시절과 청소년기를 보낸 곳도 역시 바다가 있는 곳이었다.

　바다가 없는 서울에 올라와서 수십 년을 보내는 동안 한강은 바다에 대한 그리움을 모두 다 채워주진 못했다. 그래서 휴가 때마다 강원도의 바다를 찾아가곤 했다.

〈김녕해수욕장〉

〈곽지해수욕장〉

〈함덕해수욕장〉

섬 이 선 사 해 주 는 바 다 의 노 래

내가 제주살이를 하게 된 계기도 어쩌면 바다에 대한 갈증을 해소하는 이유도 많이 포함되었을 것이다. 만일 제주도가 섬이 아니었다면 아마 나는 제주살이를 해야 할 이유를 찾지 못했을지도 모른다. 제주도에 처음 집을 얻으러 왔던 길에 협재해수욕장에 들렀

〈월정리 해수욕장〉

다. 바다였다! 드디어 바다가 내 눈앞에 펼쳐졌다.

그런데 제주도의 바다는 포항 바다와 달랐다. 자주 놀러 다녔던 강릉의 바다와도 달랐다. 한여름에 집을 얻으러 왔던 관계로 제주도의 바다 빛깔은 뜨거운 태양 아래 최고로 아름다운 자태를 뽐내고 있었다. 바로 영화에서 자주 봐왔던 지중해의 에메랄드빛 그대로였다.

그렇다. 제주도의 바다는 우리나라의 다른 곳에 있는 바다와 색깔이 달랐다. 포항에 살면서 늘 '에메랄드빛 바다'는 영화 속 지중해뿐인 줄 알았다. 그냥 '푸른 바다'가 내가 아는 바다였다. 그런데 제주도에 와보니, 내가 부러워하던 영화 속에서나 볼법한 그 에메랄드색으로 빛나고 있었다. 아마 부산의 택시 기사님이 바다 빛깔의 섬세한 차이는 느끼지 못하셨던 모양이다. 물론 포항이나 강릉, 부산의 바다 빛깔도 내가 못 봐서 그렇지, 에메랄드색으로 빛날 때도 있을 것이다. 어릴 때 우리가 즐겨 부르던 '초록빛 바닷물에 두 손을 담그면'이라는 동요도 있듯이.

하지만 제주도에서 내가 봤던 바다는 거의 다 에메랄드빛이었다. 작업실 바로 근처의 애월해안도로를 자주 산책하다 보면 늘 '초록빛 바다'가 나를 반긴다. 그리고 제주도의 바다는 뭔가 더 아련하고 낭만적인 느낌이 드는 게 사실이다. 그 분명한 이유는 모르겠지만, 제주도가 우리나라의 남단에 위치하기에 태양의 영향을 더 받

〈세화해수욕장〉

아서 그런 건 아닐까 싶기도 하고. 남쪽으로 내려올수록 태양의 열기가 강해져서 바다 빛깔이 더 에메랄드빛으로 예쁜 모양이다.

바 다 는   바 다 ,   하 지 만   특 별 한   바 다 !

내 작업실에서도 바로 애월 바다가 바라보이는데, 제주도에 살면서 좋은 점은 늘 바다의 노래를 들을 수 있다는 거다. 그 노래는 때로는 파도 소리로, 때로는 바람 소리로, 때로는 빗소리로 변주되면서 제주살이의 낭만에 운치를 더한다. 조금만 나가도 손쉽게 바다를 볼 수 있다는 게 제주도에 사는 보람이 아닐까.

제주도에 살면서 유명하다는 해변은 거의 다 가본 듯하다. 가까이 있는 한담해변과 협재해수욕장, 서핑 스팟으로 유명한 곽지해수욕장은 물론 자주 가봤고, 만장굴 근처에 있는 김녕해수욕장, 또 '한국의 몰디브'라고 불리는 함덕해수욕장, '달이 머문다'는 뜻의 이름을 가진 월정리해수욕장, 해녀박물관 바로 앞에 있는 세화해수욕장, 성산일출봉 근처에 있는 광치기해변, 산방산 바로 아래에 있는 사계해변 등등 꼭 가볼 만한 해수욕장은 다 가본 셈이다.

특히 세화해수욕장은 상대적으로 덜 알려졌는데, 아담하고 소박하고 고즈넉한 곳이다. 오히려 덜 알려져서 더 아늑하게 쉬다 갈 수 있는 해수욕장이다. 그런데 세화해수욕장은 해신당을 볼 수 있

〈광치기해변〉

해신당은 해녀와 어부들이 물질작업의 안전과 풍요를 기원하는 장소로 바닷가에 위치해 있다.

갯것 할망당은 세화리 바닷가 정순이빌레에 있는 해신당으로 일뤳당 계열이며, 당 제일이 7일, 17일, 27일이다. 원래 세화리 통항동 해변에 있었으나 매립 후 현재 위치로 이전하였다. 자연석으로 둥글게 제장을 쌓고 궤 두 곳에 지전과 물색을 걸어 두었다. 예전에는 피부병에 효험이 있었다고 하며 해녀들이 요왕맞이를 할 때 당을 찾는다.

세화해수욕장에 있는 갯것 할망당의 모습.

다는 점이 특이하다. 해신당은 해녀와 어부들이 물질작업을 하러 바다에 가기 전에 안전과 풍요로움을 기원하는 장소라고 한다. 세화해수욕장에 있는 해신당은 '갯것 할망당'이다.

한편, 사계해변도 그리 넓지 않지만, 모래가 퇴적된 해안 지형으

로 사구(모래 언덕)를 볼 수 있다는 점이 특이하다. 바로 앞에 있는
산방산과 형제섬도 볼 수 있다.

바다를 바라보고 있으면 인생의 파노라마가 잠시 메타포의 느낌
으로 다가오는 듯하다. 날씨가 궂은 날, 바다를 보고 있으면 일렁
이는 파도가 때로는 두렵게 느껴지기도 한다. 파도는 인터넷의 버

퍼링과도 비슷한 느낌이
다. 인생의 위기도 파도
처럼 인터넷의 버퍼링과
같다. 컴퓨터를 사용하
다 보면 버퍼링의 순간을
피해갈 수는 없다. 그렇
다고 그 순간마다 컴퓨터

를 부수어버릴 수는 없는 노릇이다. 파도도 언젠가는 잦아들듯이, 인생의 위기도, 버퍼링도 그냥 지나가기를 기다리면 된다. 모두 다 지나가는 과정일 뿐이다.

인생에서 위기가 오면 '이 또한 지나가리라'는 마음으로 그냥 기다리면 된다. 그것이 인생의 위기를 맞이하는 자세다. 버퍼링이 생길 때 마우스로 아무리 클릭질을 해봐야 달라지는 건 없다. 더 초조해지고 손목만 아플 뿐이다. '인생의 위기는 버퍼링과 같다'는 말을 되뇌면서 소나기가 지나가길 기다리고, 파도가 잦아들길 기다려야 한다. 제주도에서 지내는 기간이 바로 내겐 그냥 기다리는 시간이었다.

제주도의 해변은 부산에서 만났던 택시 기사님의 이야기처럼 다 비슷비슷할지도 모른다. 부산 바닷가나 제주도 바닷가나 모두 그저 바다일 뿐. 또 제주의 여러 해변이 있지만, 굳이 다 가보지 않고 한 곳만 방문하더라도 제주의 감성을 오롯이 느낄 수 있다.

당연한 이야기지만, 제주도는 섬이라서 육지 어느 곳보다 해변이 많다. 동네마다 있는 느낌이다. 여기저기 가다 보면 다 그저 모두가 같은 바다로 보일 때가 있다. 마치 '득도(得道)'의 순간과 같다고 할까. 바다는 그저 바다일 뿐. 부산에서 만났던 택시 기사님의 말씀도 그런 뜻이 아니었나 싶기도 하다. 그래도 제주도의 바다는 낭만이 있고, 멋이 있고, 특별함이 있다. 단, 우리의 마음이 특별할 때만 그 바다가 특별해 보인다는 건 모두가 다 아는 인생의 비밀이다.

PART 4

'어떤
시선을 품을지'
묻다

Intro **경계를 넘다**

제주도에 와서 2년 동안 도민으로 살면서 천혜 자연이 주는 선물로 힐링의 시간을 가졌다. 이 시간이 비록 코로나 19에 의해 밀려온 감도 있지만, 분명 의미 있는 시절이었다. 하지만 이 시간이 더 의미 있고 가치 있게 남을 방법으로 돌하르방의 원형을 찾아 나선 여행이 순조롭지만은 않았다.

일단, 참고자료가 거의 없었다. 단지 인터넷에서 얻을 수 있는, 검증되지 않은 조각난 정보뿐이었다. 나는 마치 보물섬의 존재를 알았지만, 그 진짜 지도를 손에 넣지 못한 채, 출처가 모호하고 조각난 지도를 들고 있는 거나 마찬가지였다. 역설적으로 나는 그 순간 깨달았다. 누군가 이 자료를 개념 있게 정리해서 반드시 한번은 출판해야 한다는 사실을 말이다.

　이 돌하르방의 원형을 찾는 여행에서 마지막으로 헤맸던 부분은 제주국제공항에 있다는 원형 2기의 위치였다. 인터넷으로 검색해 본 결과로는 제주국제공항에 돌하르방 원형 2기가 존재한다는 것이다. 그러나 몇 번을 찾아갔지만, 찾을 수 없었다. 처음에는 제주국제공항 앞에 있는 대형의 돌하르방 2기가 그 원형인 줄 알았다. 돌하르방의 원형을 아직 구별할 줄 몰랐던 여행 초기 시절이다.

　하지만 돌하르방의 원형을 찾는 여행이 계속될수록 그 매끈하고 멋진 돌하르방 2기는 원형과 거리가 멀었다. 제주국제공항의 안내센터에 가서 직원분에게도 물어봤지만, 헛걸음만 쳤다. 직원분도 여기저기 전화를 돌리고, 또 시간을 들여서 추측되는 근처 주차장까지 직접 안내해주셨지만 결국 공항에는 원형이 없었다.

제주국제공항 주차장 입구의 양쪽에 있는 돌하르방 모사품.

기자 정신과 인문학도의 근성으로 돌하르방을 만나다

제주도의 낯선 동네 여기저기로 돌하르방 원형을 찾아다니는 날이 잦다 보니, 예전에 지방에서 서울로 처음 올라가 〈교육신보〉에서 취재기자를 하던 때가 떠올랐다. 교육신보는 그 당시 초중고 선생님들이 즐겨보던 아주 역사가 오래된 교육전문지였다.

그때 내 주요 취재처에는 서울시교육청도 있었지만, 내가 또 따로 맡은 기사 꼭지에는 초중고 학교를 매주 취재하러 가야 하는 것도 있었다. 그때도 머리털 나고 처음으로 서울의 구석구석에 있는 동네마다 학교를 찾아다녀야 했다. 제주도 돌하르방 원형을 찾아다니는 나날들과 그때 학교들을 취재하면서 낯선 동네를 돌아다니던 시절이 오버랩되었다.

그래서 이번 책은 나의 과거와 현재의 경계를 넘고, 제주도의 과거와 현재의 경계를 넘는 기분으로 준비했다. 작가적 상상력을 더해 표현하자면, '땅끝까지 가서 취재하는 기자 정신'으로 제주도를 탐색했다.

이 책을 준비하는 끝자락에 이르러서야 제주국제공항에 있던 돌하르방 원형 2기가 벌써 10여 년 전쯤 제주 목관아 쪽으로 옮겨졌다는 것을 알았다. 오래된 정보를 보고 나처럼 제주국제공항에 있는 근래에 만들어진 돌하르방의 거대한 모사품이 원형이라고 착각한 사람도 더러 있다고 한다. 인터넷에 돌아다니는 자료는 어디까지나 비공식적인 개인이 작성한 거라서 공식적으로는 분명 검증해볼 필요가 있다.

돌하르방의 원형을 찾는 과정에서 원형이 자리한 위치가 시간 차이를 두고 너무 많이 바뀌어왔다는 것을 다시 한번 실감했다. 이 책이 출판된 이후에도 또 언젠가는 일부 돌하르방 원형의 위치가 바뀔지도 모른다. 제주도의

제주국제공항에 도착해서 공항 문을 나서면 바로 관광객을 반기는 돌하르방 모사품. 돌하르방 원형보다 더 늠름하고 거대한 모습이 양쪽에 하나씩 있다. 제주시에 있는 돌하르방 원형을 닮아서 두 눈이 두꺼비처럼 왕눈이다.

책임 있는 기관에서 '돌하르방의 원형을 찾아서'라는 주제로 제주 여행 상품을 개발하면 좋겠다. 그럼 관리도 제대로 될 것이고, 나처럼 돌하르방 원형을 직접 눈으로 보고자 하는 사람들이 헤맬 일도 없을 테니 말이다.

제주도에 살면서 깜짝 놀란 것은 우리가 제주도의 상징물이라고 여긴 돌하르방 원형이 너무 제대로 된 대접을 못 받고 있다는 사실이다. 돌하르방 모사품은 관광지 선물로 그토록 많이 퍼져 있는데도, 정작 그 원형은 제대로 된 관리를 못 받고 사람들의 기억에서조차 멀어졌다는 게 처음에는 이해가 잘되지 않았다.

하지만 너무 익숙해진 것은 소중한 것으로 인식하지 못하듯이, 나 같은 이방인의 눈에만 그 가치가 더 드러날 수도 있을 것이다. 이 책에서 나는 전문적으로 돌하르방의 원형에 대해 고찰하고자 하는 건 아니다. 단지 나는 돌하르방 원형의 존재를 널리 알리고, 그 원형과 모사품에 대한 통찰을 대학교 때 철학을 전공했던 인문학도의 시선으로 말하고 싶을 뿐이다.

' 원 형 의 위 엄 ' 을 돌 아 보 다

이 책의 앞에서 돌하르방 원형이 있는 관덕정을 소개했다. 이번에 소개할 곳은 관덕정 바로 옆에 있는 제주목 관아이다. 이곳은 조선 시대에 제주도 통치의 중심지였다. 제주목 관아는 일제강점기 때 많이 훼손되어 관덕정을 빼고는 그 흔적을 찾아볼 수 없었는데, 복원해서 우리가 지금 제주 목관아 건물을 볼 수 있는 것이다. 그러니까 관덕정은 넓은 의미에선 제주목 관아에 속한다고 볼 수 있다. 제주목 관아가 나라의 관청이었고, 관덕정이 국가의 병사들이 훈련하던 곳이었으니까.

사실 이 책의 구성을 '삼성혈-제주민속자연사박물관-제주목관아-관덕정'의 순서로 하는 게 더 맞을지도 모르겠다. '삼성혈-제주민속자연사박물관', '제주목 관아-관덕정'이 위치상 아주 가까이에 자리 잡았으니 말이다. 그러나 우리 인간의 의식은 비슷한 상황이 반복되거나 계속되면 주의력이 산만해질 수 있다. 새로움과 변화가 집중력을 높인다. 그래서 나는 '생각의 환기'를 위하여 구성의 '변주'를 하려고 일부러 어긋나게 배치했다는 것을 밝힌다.

그리고 원래 제주목 관아가 더 상위개념이라서 관덕정보다 순서상 먼저 와야 한다. 하지만 사실 관덕정이 제주목 관아보다 더 유명하다. 왜냐하면 관덕정은 우리나라에서 현존하는 가장 오래된

관덕정과 제주목 관아는 아주 가까이에 있다. 왼쪽에 관덕정이 보이고, 오른쪽에 보이는 게 제주목 관아의 담장과 외대문이다.

건물이기 때문이다. 여기서도 완전히 '원형의 위엄'이 빛을 발하는 것이다. 관덕정 맞은편에 자리한 제주목 관아는 1999년 9월부터 복원 사업을 시작해서 2002년 12월에 마쳐 현재 우리가 그 모습을 볼 수 있다. 그래서 엄밀하게 말하자면, 우리가 보고 있는 제주목 관아는 '모사품'인 셈이다. 그래서 나는 원형을 모사품보다 존중하여 순서상 더 앞에 위치하도록 했다.

제주목 관아 돌하르방 2기

시간여행
속으로

제주목 관아

앞에서 내가 제주국제공항에 있다는 돌하르방 원형 2기를 못 찾았다고 했는데, 그 2기가 옮겨간 곳을 검색하다가 겨우 행방을 알게 되었다. 바로 지금 이야기하려는 제주목 관아의 야외 정원에 있었다. 제주 세계문화유산본부에 전화를 걸어서 확인했다. 개인적인 바람으로는 앞으로 제주국제공항의 관광 안내 팸플릿에 돌하르방 원형 47기 위치를 안내해주는 자료가 실렸으면 좋겠다. 돌하르방 원형의 그 의미와 위치가 잘 정리된 자료 말이다.

제주도의 상징인 돌하르방 원형을 많은 사람이 궁금해할 수 있다. 지금까지 잘 알려지지 않아서 못 찾아간 것이지, '진짜', '원형',

제주목 관아의 야외 정원에 있는 돌하르방 원형 2기의 모습.

제주목 관아의 외대문.

'진품'에 대한 갈망이 왜 없겠는가. 이 책을 계기로 그런 팸플릿이 나왔으면 한다. 외국 관광객들에게도 굉장히 흥미로운 관광 소재가 될 것이다.

제주목 관아는 앞에서도 말했지만, 복원된 건물이다. 제주관광공사가 제공한 자료에 따르면, 제주대학교 조사단이 1991년 10월부터 12월까지, 그리고 1992년 5월부터 12월까지 제주목 관아 터의 발굴조사를 두 차례 했다고 한다. 그 결과로 제주목 관아 터에서 탐라 시대부터 조선 시대에 이르는 여러 문화층이 확인되었다.

이때 조선 시대 제주목 관아의 주요시설인 동헌(東軒), 내아(內衙) 건물터 등의 위치와 규모가 함께 확인되었다고 한다. 그리하여 바로 이곳이 고대로부터 조선 시대에 제주도의 정치·행정·문화의 중심지 역할을 한 중요한 유적지였다는 사실이 밝혀졌다. 이후에 관덕정까지 포함하여 사적지로 지정되었다고 한다.

제주목 관아가 제주 시내 쪽에 자리 잡았는데도 이 앞을 지나면 한적한 느낌이 든다. 만일 제주의 도심에서 사색을 즐기고 싶다면 관덕정과 제주목 관아로 가면 된다. 그곳에서 우리의 발걸음을 스치는 고요함 속에 귀를 기울여 보라. 이 터 안에 숨 쉬는 역사의 흔적이 현재에도 울림으로 다가올 것이다. 이곳에서 천천히 발걸음을 내디디면서 시간여행을 떠나보는 것도 좋으리라.

'과 거'는 '현 재'를 이 루 는 살 과 피

역시 제주관광공사가 제공한 자료에 따르면, 원래 제주목의 관아 시설들은 총 58동 206칸 규모였다고 한다. 관덕정은 정면 5칸과 측면 4칸의 건물로 처마가 긴 것이 특징인데, 병사들의 훈련장으로 사용하기 위하여 지어졌다고 한다.

'과거'라는 것은 '현재'에도 이렇듯 지대한 영향을 미친다. 제주목 관아가 있던 곳이 조선 시대에도 제주도의 중심지였다고 하니 놀랍다. 그 당시 이렇게 규모가 큰 건물이 그리 흔했을까. 게다가 조선 시대에는 물자가 더 귀했을 텐데 이 머나먼 섬 제주도에, 이런 큰 건물이 들어선 걸 상상하면 한편으론 짜릿하다. 그때 이 건물이 지어지는 과정을 지켜봤을 제주도민들의 기분만큼이나.

그런데 신기한 것은 우리가 사는 현대에도 제주목 관아가 있는 곳이 아직 제주 시내에 속한다는 사실이다. 나 같은 이방인의 낯선 시선으로 보니까, 그 사실도 참 신선하게 다가온다.

국가적으로도 그렇고, 개인적으로 그렇고 과거는 분명 현재에 큰 영향을 끼친다. 과거는 현재를 이루는 살과 피다. 한 발자국, 한 발자국 내딛는 걸음이 국가나 개인에게 모두 다 중요하다. 예전에 '순간의 선택이 평생을 좌우한다'는 광고 문구가 있었다. 우리가 살아갈 때 마주하는 크고 작은, 다양한 선택의 순간. 그때 우리는 그

제주목 관아의 중대문이 보이는 풍경.

선택이 현재뿐만 아니라, 미래에까지 큰 영향을 미칠 수도 있다는 점을 항상 기억해야 한다.

그 선택을 나중에 후회하지 않으려면 '생각'이라는 친구가 항상 함께해야 한다. 따라서 이 '생각'은 인간에게 가장 중요하다. '생각'은 과거와 현재, 그리고 미래를 결정한다. 국민이 어떤 '생각'을 가졌느냐에 따라 국가의 운명이 달라질 거고, 개인이 어떤 '생각'을 가졌느냐에 따라 개인의 운명은 달라질 테니까.

제주목 관아에는 돌하르방 원형뿐만 아니라, 조선시대의 모습을 재현해놓은 볼거리가 많다. 이것저것 구경하면서 상념에 잠겨보는 시간을 가지는 것도 좋은 선택일 것이다.

제주목 관아의 망경루. 망경루는 제주목 관아의 가장 안쪽에 자리잡고 있어서, 내대문 안에 들어와야 볼 수 있다. 망경루는 임금의 은덕을 기리고 바다로 침범하는 왜구를 감시하는 망루 역할을 했던 건물.

제주목 관아의 연못. 외대문을 들어서면 바로 보인다.

1 제주목 관아에 있는 조선시대 형틀. 죄인을 신문할 때 앉히는 형벌 기구.

2 죄인에게 곤장을 내리치는 형벌 기구.

3 제주목 관아에서 죄인을 취조하는 모습.

4 제주목 관아에서 군관이 근무하던 영주협당에 앉아 있는 군관의 모습.

5 제주의 봄맞이 축제인 '탐라국 입춘 굿 놀이'의 상징물인 '낭쉐'. 낭쉐는 나무로 만든 소를 일컫는 말이다.

'오름'의
진실

금오름 · 새별오름 · 다랑쉬오름 · 수월봉

섬이라서 그런가, 제주도에는 산이 다섯 개밖에 없다고 한다. 오대산이라고 불리는데, 우리가 너무 잘 아는 한라산을 비롯해 산방산, 영주산, 청산(성산일출봉), 두럭산이 있다. 그런데 제주도에는 사실 산보다 '오름'이 더 유명하다. 제주도에는 약 400여 개의 오름이 있다고 한다. 더 구체적으로는 368개의 오름이 존재한다고 하지만, 숨겨진 오름까지 치면 400여 개라고 하는 게 더 진실에 가깝다고 한다.

나는 사실 제주도에 내려올 때 이 오름을 '도장 깨기' 해볼까 하는 생각도 했다. 하루에 하나씩만 올라도 일 년이면 도장 깨기가 거의 완료되니까 말이다. 처음에는 제주도에 오래 살 생각을 해서 일주 일에 두 개씩 도장 깨기를 해도 괜찮겠다는 생각이 들었다. 운동 삼아 자주 가면 현실적으로 문제가 없어 보였다. 그리고 한때는 그 오름 모두를 모아서 책으로 엮어볼까도 생각했다.

하지만 제주도에 살면서 여러 오름을 올라가다 보니 생각이 바뀌었다. 일단 오름은 내가 처음에 제주도를 잘 모를 때 상상했던 '산'이 아니었다. 대부분의 오름이 아무리 쉬엄쉬엄 걸어도 왕복 한 시간이면 충분했다. 그리고 유명한 오름은 다 이유가 있었다. 일단 관리가 잘되어 있었고, 올라가는 길이 눈에 선명했다.

하지만 이름이 알려지지 않은 오름은 길이 수풀에 덮여 보이지 않는 구간도 있고 해서 올라가기가 번거로웠다. 사람들이 많이 지나다니지 않아서 더 길이 탄탄하게 다져지지 않았을 수도 있겠다. 또 외딴 느낌이라서 혼자 올라가기는 좀 무섭기도 했다.

한편, 제주도에 내려오기 전에 제주살이를 먼저 해본 지인에게 오름 하나를 추천해달라고 했다. 주저하지 않고 제일 먼저 추천해 준 오름이 바로 다랑쉬오름이다.

그래서 나는 제주도에 내려왔던 그해에 바로 다랑쉬오름을 올랐다. 처음 찾아가는 오름이라 비교 대상이 없어서 판단하기 어려웠지만, 전망이 좋았다. 숨도 좀 찼다.

그런데 그 이후로 작업실과 가까운 한림읍에 있는 금오름에도 올라가고, 새별오름 등을 가보니까 다랑쉬오름이 왜 좋은지 알 것

같았다. 일단 오름 중에서는 시간이 좀 오래 걸리는 편이고, 제주
도를 내려다보는 전망도 더 좋았다.

'오름'에 대한 환상이 걷히는 순간

제주도에서 살기 전에는 '오름'을 굉장히 동경했다. 제주도에는
수많은 오름이 있는데, 모두가 다 너무 아름답고 힐링이 되는 공간
이라는 이야기를 많이 들었기 때문이다. 그런데 제주도에 살면서
어느 정도 시간이 지나자, 오름에 대한 환상이 깨졌다. 내가 볼 때
는 제주도의 오름은 그냥 '동네 언덕'에 불과했다.

물론 제주도 사람들에게는 오름이 신성한 장소라고도 하지만,
이방인인 나의 얕은 시선에서는 동네마다 있는 작은 봉우리일 뿐
이었다. 그중에서 유명한 오름들만 나름 오를 만했지, 다른 오름들
은 내 흥미를 이어가게 하지 못했다.

사실 제주도의 오름은 화산이 폭발하면서 생겨난 결과물이다.
그래서 금오름만 해도 정상에 가보면 작은 분화구가 있어서 눈요
깃거리로 괜찮다. 관광객들에게도 널리 알려진 포토존이다. 특히
일몰의 순간에는 다들 특별한 느낌을 받는다고 해서 나도 일몰까
지 기다렸다가 사진을 찍었다.

그런데 내가 살아 보니까 주변 하늘을 붉게 물들이면서 태양이

한림읍에 있는 금오름의 분화구 모습. 분화구 안에도 걸어볼 수 있다.

다랑쉬오름에서 바라본 제주도 풍경.

새별오름에 오르려면 가파른 비탈길을 숨차게 올라가야 한다.

사라지는 그 순간은 어디서든 장엄하다. 인생이라는 메타포에서 일종의 '탄생'을 상징하는 일출과 '죽음'을 상징하는 일몰은 그 장소가 어디든 사실 특별한 느낌을 받는다.

　제주도에는 수많은 화산인 오름이 존재한다. 오름은 산 또는 봉우리를 뜻하는 제주도 방언으로 제주도 사람들의 생활 터전이 되는 중요한 자원이라고 한다. 그러나 내가 그 오름을 다 올라야 할 이유는 없었다. 오름마다 다 비슷해 보였다. 그냥 한 이삼 십분 걸어서 운동 삼아 올라가면 제주도가 한눈에 내려다보인다. 그런데 그 풍경이 다 비슷비슷한 편이다. 그래서 오름에 관한 책 기획은 더 이어갈 수 없었다.

금오름에서 바라본 일몰 풍경.

만일 제주도에 관광객으로 온다면 유명한 오름 몇 개만 오르면
된다. 내가 추천하는 건 금오름, 새별오름, 다랑쉬오름 정도이다.
각각의 오름마다 좀 차별성이 있다. 나름의 색깔과 개성이 있는 편
이다.

그냥 있는 그대로의 제주도를 보고 싶다면

나는 제주도에 대한 환상을 더 키워주는 책을 쓰고 싶지는 않다.
그런 책들은 나 말고도 얼마든지 쓸 사람들이 많고, 또 많이 나와
있다. 나는 그냥 있는 그대로의 제주도, 나처럼 제주도에 대해 잘
몰랐던 육지 사람이 그 어디서도 듣지 못했던 솔직한 감상을 느낀
그대로 쓸 생각이다. 물론 사람마다 느끼는 감흥은 다르다. 오름에
대해 더 감동적인 스토리를 가진 사람도 있을 테고, 오름에서 영혼
을 치유하는 힐링의 순간을 체험한 사람도 있을 것이다.

하지만 내겐 그냥 '동네 언덕' 그 이상도, 이하도 아닌 느낌뿐. 어
쩌면 내가 섬세한 감성이 부족했을 수도 있다. 아니면 그 반대로
'벌거벗은 임금님'에서 소리치는 아이처럼 그냥 있는 그대로 표현
했을 수도 있다. 판단은 독자 여러분 각자가 직접 오름에 올라가서
하면 될 듯하다. 하지만 적어도 대략 다섯 군데 이상은 다녀와서
판단하길 바란다. 유명한 오름은 나름 가볼 만하다. 그래서 문득

수월봉에서 바라보는 한 폭의 그림 같은 바다 풍경.

수월봉에 가면 절벽이 병풍을 두른듯한 풍경을 감상할 수 있다.

금오름에서 볼 수 있는 말이 풀을 뜯는 모습.

그런 생각이 들었다. 명성은 때로는 이유가 있는 거라고. 그냥 뜬소문에 불과한 줄 알았지만, 유명한 곳은 나름의 이유가 있었다.

수월봉도 유명하다고 해서 다녀왔는데, 내가 머물던 애월과 지리적으로 가까운 곳이다. 절벽이 병풍처럼 둘러싼 것이 특색인데,

수월봉에서 마주한 풍경.

수월봉에서는 전기바이크를 대여해주는 곳이 있다. 수월봉을 방문한 날,
내가 신나게 달렸던 바로 그 전기바이크.

수월봉에는 전기자전거와 바이크 대여소가 있다. 전기바이크를 타
보았더니, 바닷바람을 맞으며 달리는 맛이 꽤 신났다.

　제주시 구좌읍에 있는 용눈이오름도 유명해서 다녀오려고 했는
데, 2021년 2월 1일에서 2023년 2월 1일까지 자연휴식제로 출입
이 금지되어 못 올랐다. 나는 2020년 9월 초에 제주도로 이주해왔
는데, 그해 가을과 겨울을 바쁘게 보내다 보니 용눈이오름에 오를
기회는 놓치고 말았다. 나중에 제주도를 다시 방문할 기회가 있으
면 한번 가보든지 할 생각이다. 하지만 이제 더는 오름에 그다지

애착이 느껴지지 않는다.

처음에 내가 제주도에 내려오면서 오름마다 지난 인연의 그리움을 하나씩 두고 오리라 마음먹었지만, 더는 의미가 없을 듯하다. 오름에 오르지 않아도 내 깊은 곳에 쌓여 있던 그리움이 제주도의 바람에 날려가 버렸으니 말이다. 제주도는 그곳이 어디든 제주도이고, 오름은 그곳이 어디든 오름이다. 한 곳만 올라도 자유를 얻는다. 한 곳만 올라도 그리움은 비워진다. 한 곳만 올라도 인연은 흘러간다. 남는 건 나 자신뿐이다.

수월봉에서는 차귀도를 볼 수 있다.

PART
5

'흔적을
따라갈지'
묻다

Intro ; 메타포를 읽다

　　　　　　　　　　제주도 날씨는 몹시 짓궂다는 게 내가 현지에서 받은 일반적인 느낌이다. 내가 처음 제주도로 이주 해온 시기는 9월 초였다. 이삿짐 정리를 하고, 일상이 자리를 잡느라 분주한 날들이 지나자 벌써 계절은 가을과 겨울의 어느 지점에서 있었다. 제주살이하면서 받은 첫인상은 역시나 바람이 몹시 세차다는 것이다.

　제주도 하면 돌, 바람, 여자가 많은 '삼다(三多)'로 유명한 곳이라는 걸 알고는 있었지만, 그건 어디까지나 이론적인 지식이었다. 실제로 제주도에서 살아 보니, 그 바람의 세기가 상상을 초월했다. 깊숙이 눌러쓰고 있던 모자가 강풍에 날려가는 것은 흔한 일이었다. 바람이 심하게 부는 제주도에서는 머리카락이 제멋대로 휘날리기에 모자를 꼭 쓰고 외출해야 한다. 그러나 그 모자마저도 때때로 내 통제 밖이었다. 가을과 겨울이 지나가는 그 계절에는 이렇게 모자를 쫓아 바람과 술래잡기를 하는 일이 일상이다.

또 제주에는 비가 오는 날이 많다. 맑은 날이 드물었다. 제주도에 내려오면서 내가 상상한 나날들은 유명한 휴양지처럼 항상 밝은 햇살이 비치는 그런 낙원과도 같은 풍경이었다. 그러나 현실은 그런 날이 일 년 중 얼마 되지 않는 성수기뿐이라는 걸 알았다. 일 년 내내 제주도에는 비가 오다가 말다가 변덕을 부리는 날들이 이어졌다. 마치 〈폭풍의 언덕〉의 그 음침하고도 우중충한 풍경이 연상되는 몹시 흐린 날이 드물지 않았다.

아침에 흐렸다가 오후에는 다시 맑아지는 일도 다반사였다. 반대로 아침에는 햇빛이 쨍쨍한 날씨였다가 오후에 비가 뿌리는 날도 많았다. 제주도에선 함부로 날씨를 예단하면 안 된다. 처음에는 제주도의 이런 변덕스러운 날씨에도 '제주의 멋'이라고 생각하며 낭만을 즐겼다. 그러나 제주도에서 지내는 시간이 길어지며 생활인으로 동화되면서 내 생각은 바뀌었다. 제주의 환경이 옛날부터 얼마나 척박했는지 실감이 나기 시작했다. 제주도에서 산다는 것이 육지에서 우리가 생각하던 그 낭만과 얼마나 큰 괴리감이 있는지 그 민얼굴과 생생하게 마주했다.

'제주도의 요정', 돌하르방

이렇게 제주도의 본모습을 바라볼 수 있었던 건 잠시 머물렀다가 가는 여행자가 아니라, 이 섬에서 그래도 사계절을 넘기면서 살아왔기 때문이리라. 문득 이런 세찬 바람과 궂은 날씨 속에서 오랜 세월을 버텨온 제주도 사람들과 또 그들을 상징하는 돌하르방 원형에 대한 인간적인 애잔함이 전해져 왔다. 내가 찾아다니는 돌하르방 원형은 그 긴긴 시간 동안 이 제주도의 험한 날씨, 세찬 비바람과 뜨거운 햇살까지 오롯이 감당하고 살아왔던 셈이다. 길 위에서 만난 돌하르방 원형들은 제주도의 역사였고, 제주도 사람들의 영혼이었으며, 제주도를 지켜온 상징이었다.

제주도와 마찬가지로 자연환경이 척박한 아일랜드에 있는 요정 이야기가 그들의 정신적 위안으로서 전설로 전해지듯이, 돌하르방은 제주도를 지키는 요정일지도 모른다는 생각이 들었다. 어릴 때부터 북유럽신화나 아일랜드의 요정 이야기를 동화로 많이 읽어온 나는 이런 책을 출판하는 게 버킷리스트 중 하나였다. 결국엔 내 출판사를 만들면서 〈북유럽신화, 재밌고도 멋진 이야기〉나 〈요정을 믿지 않는 어른들을 위한 요정 이야기〉라는 번역서를 출판했다.

이런 맥락에서 제주의 돌하르방 원형을 찾는 길 위에서 떠올린 생각이 있다. 바로 '제주의 요정 이야기'로도 상징될 수 있는 돌하르방 원형이 현대의 창조적인 콘텐츠로 재탄생되어도 좋을 문화적 아이콘이라는 점이다. 돌하르방 원형의 역사적 의미와 가치에 문학적 메타포를 덧입힌다면 연극, 책, 영화, 만화 등 다양한 문화적 콘텐츠로 다시 빛날 수 있으리라.

돌 하 르 방 원 형 의 기 원 을 찾 아 서

이제 돌하르방 원형에 대한 공식적 자료를 바탕으로 잠시 말해 보자. 겨우 건진 몇 안 되는 돌하르방에 대한 공식적인 설명이다.

"제주도에는 총 48기 돌하르방이 있었으나, 제주성 돌하르방 1기가 분실되고, 2기는 1960년대 서울 국립민속박물관으로 옮겨져 제주도에는 지금 45기가 남아 있다."

돌하르방의 기원은 뚜렷하지 않다. 어떤 이유로 언제 만들어졌는지에 대한 구체적이고 실증적 자료가 없다고 한다. 추측으로 남방 기원설, 제주도 자생설, 몽골 유풍설 등 여러 설이 제기되는 수준이라고 한다.

'제주도 민속자료 제2호'에 따르면 앞에서도 언급한 적이 있지만, 돌하르방은 원래 우석목, 무석목, 벅수머리 등으로 불렸다고 한다. 우리가 알던 이름이 아니라서 새롭다. 좀 더 친근감이 있는 투박한 느낌이랄까. 아직도 '벅수머리'로 불린다면 어떨까. '돌하르방'이란 이름이 더 나을까. 한번 생각해볼 만하다.

자, 그럼 돌하르방에 대한 민속자료 제2호의 설명을 더 살펴보자. 그나마 우리가 의지할 수 있는 공식 자료이니까.

"이 석상은 제주목(濟州牧), 정의현(旌儀縣), 대정현(大靜縣)의 성문(城門) 입구에 세워졌던 것이나, 현재는 삼성혈을 비롯한 제주대학교, 시청, 관덕정 등에 산재하여 있으며 제주 시내에 21기, 성읍에 12기, 대정의 인성, 안성, 보성에 12기 등 모두 45기가 있다고 한다."

내가 돌하르방의 원형을 찾아 나선 게 바로 이 자료에 근거해서다. 돌하르방 원형의 모양에 대해서도 구체적으로 기록되어 있다.

"석상의 형태는 대체로 벙거지형 모자, 부리부리한 왕방울 눈, 큼지막한 주먹코, 꼭 다문 입과 두 손은 배 위아래로 위엄하게 얹은 모습을 하고 있다. 돌하르방의 크기는 평균 신장이 제주 187㎝, 성읍 141㎝, 대정 134㎝이며, 제작 연대는 영조(英祖) 30년(1754)경으로 추정되고 있다."

제주목, 정의현, 대정현을 중심으로 돌하르방 원형을 찾아 제주도 전역을 돌아다녔으나, 내가 그 높이를 일일이 재보지는 않았기에 이 자료를 근거로 알 수 있다. 제주목 쪽에 있는 돌하르방 원형의 높이가 더 크다는 이야기다. 실제로 정의현, 대정현에 자리 잡은 돌하르방 원형을 보면 다들 고만고만한 크기로 비슷하다. 기록

내 작업실이 있던 애월해안도로에서 바라본 일몰 풍경.

에 따르면, 141cm, 134cm라고 하니, 그냥 눈으로 볼 때는 큰 차이가 느껴지지 않는다.

그럼 돌하르방의 역할은 무엇이었을까. 역시 이 자료에 따르면, 다음과 같다.

"이 석상은 성문 앞에 세워져서 수호신적(守護神的), 주술종교적(呪術宗敎的), 경계금표적(境界禁標的) 기능을 했던 것으로 추정되며, 육지의 장승과 같은 역할을 했던 것으로 추정되고 있다."

한 마디로 성문 앞에서 마을을 지키는 역할을 한 것이다. 뭔가 신비한 힘을 간직했을지도 모를 돌하르방 원형, 그 얼굴을 자세히 들여다보고 있으면 어떤 이야기를 건네오는 느낌도 든다. 오랜 세월을 거쳐 지나왔기에 이야깃거리는 무궁무진할 텐데, 그 모습을 응시하면 기묘한 웃음기를 얼굴에 담은 것처럼 보인다. 정말 아일랜드의 요정 이야기에 나오는 그 짓궂은 요정의 모습이 떠오르기도 한다. 제주도의 돌하르방 원형에 '요정'의 은유를 덧붙여도 전혀 손색이 없는 이유가 바로 여기에 있다.

"너의 민얼굴을 보여줘!"

제주 시청

앞에서 소개했던 제주목 관아가 조선 시대 때 제주도의 국가 기관 행정의 중심이었다면, 제주 시청은 현재 제주도의 국가 기관 행정의 중심일 것이다. 제주살이하면서 유명한 관광지는 찾아가더라도 제주 시청을 갈 일은 아마 잘 없을 거다. 그런데 나는 '돌하르방의 원형을 찾아서' 여행했기에 제주 시청까지 방문하게 되었다.

제주도는 이방인에게 한편으로는 우리나라 같지 않다는 느낌을 종종 준다. 육지 사람이 가지는 선입견일까. 그래서 시청은 어딜 가나 있는데도, 제주 시청은 어쩐지 좀 특별한 느낌이 드는 건 나만의 기분일까. 불과 몇백 년 전만 해도 제주도가 탐라국으로 따로

제주 시청의 본관 전경. 돌하르방 원형 2기가 마스크를 낀 채 입구 양 옆에 서 있다.

존재했다는 역사적 사실을 떠올려볼 때 이런 '낯선 느낌'은 반드시 근거가 없는 건 아니다.

코로나 19로 실시했던 사회적 거리 두기가 끝자락이던 어느 날, 제주 시청에 돌하르방 원형이 2기가 있다고 해서 찾아갔다. 하지만 제주 시청도 건물이 여러 개라서 어디에 있는지 초행길에는 알쏭달쏭했던 게 사실이다.

코로나 19 때문에 제주 시청 돌하르방 원형도 마스크를 끼고 있다.

제주 시청 민원실에 들어가 물어도 의외로 잘 몰랐다. 제주토박이인데도 어느 건물 앞에 돌하르방 원형이 있는지 정확히 몰라서 대략 거기에 가보라는 식으로 알려주었다.

그곳은 바로 제주 시청 본관 건물 앞이었다. 역시나 나는 돌하르방 원형을 보니, 잃어버렸던 가족을 만난 것처럼 너무 반가웠다! 그렇지만 반가움도 잠시, 코로나 19 때문에 돌하르방 원형도 마스크를 하고 있었다.

나는 일단 그대로 사진을 촬영했다. 하지만 영구 자료로 남기려면 마스크가 없는 상태의 사진이 꼭 필요했다. 코로나 19는 지나가는 현상이지만, 돌하르방 원형의 본모습은 영원한 가치를 지니고 있기 때문이다.

다행히도 제주시청 도움센터 담당자님들 덕분에 마스크를 떼어낸 상태로 촬영할 수 있었다. 이 자리를 통하여 다시 한번 그날의 협조에 감사를 드린다. 그날 도와주신 덕분에 돌하르방 원형의 모습을 고스란히 사진 자료로 남길 수 있었다.

이처럼 제주도를 돌아다니면서 돌하르방 원형을 찾아 촬영하는 동안 제주 토박이분들의 도움을 가끔 받았다. 서귀포 대정현에 갔을 때도 그 동네에 사시는 제주 토박이분 덕분에 덜 헤매고 돌하르방 원형을 만나볼 수 있었으니까. 이 책은 그분들의 도움에 마음의 빚을 진 셈이다.

'제주도의 모세혈관', 201번과 202번 버스

돌하르방 원형을 찾아 제주도 전역을 여행하면서 가끔 나는 연신 떠오르는 생각을 주체할 수 없었다. 버스를 타고 가면서도 감상이 문장으로 읊어져 파도처럼 머릿속을 흘러갔다. 사실 버스를 타고 다니는 여행이 영감을 낚는 데 탁월하다는 걸 이번 제주살이에서 알게 되었다. 직접 운전하다 보면 아무래도 완전히 넋을 잃고 무념무상의 상태가 될 수는 없다. 하지만 버스로 여행하다 보면 창밖을 내다보면서 아무 생각이 없을 때가 많다. 그러다 보면 창밖에 비치는 풍경이 자연스레 영감을 줘서 책에 쓸 만한 문장이 저절로 떠오른다.

제주도는 구석구석 다니는 버스가 있는데, 대표적인 버스가 201번과 202번이다. 이 두 버스로 여행하면 제주도 일주를 충분히 할 수 있다. 제주도를 행정구역상 남북으로 나눠보자면, 크게 볼 때 북쪽은 제주시이고, 남쪽은 서귀포시이다. 북쪽이 어느 방향인지 금방 감이 오지 않는다면 육지에서 비행기가 들어오는 공항이 있는 곳이 바로 제주도의 북쪽에 해당한다. 제주도를 잘 몰랐을 때 나도 방향 감각이 없었다. 하지만 제주도 지도를 거실 벽에 붙여놓고 늘 보고 있자니, 금방 방향 감각이 잡혔다.

제주도를 이렇게 남북으로 가른다면 지도를 볼 때 오른쪽 동쪽

은 201번 버스, 왼쪽 서쪽은 202번 버스가 운행을 담당한다. 제주
도의 동쪽과 서쪽에 대한 방향 감각이 없다면 동쪽은 성산일출봉
쪽을 생각하고, 서쪽은 그 유명한 애월 지역을 생각하면 된다. 나
는 엄밀하게 말해서 제주도의 북서쪽 지역에 해당하는 애월에 살
고 있었기 때문에 서쪽을 담당하는 202번 버스를 자주 탔다. 돌하
르방 원형을 찾아다니면서 이 202번과 더불어 201번도 많이 타게
되었다.

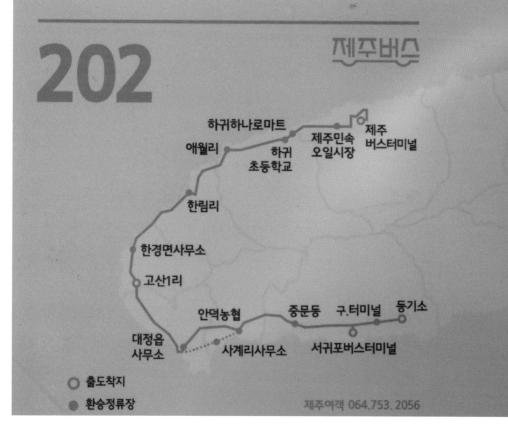

제주도의 서쪽을 담당하는 202번 버스의 노선도. 202번 버스 유리창에 붙어 있는 지도를 촬영한 그대로이다.

제주도의 어느 동네든 이 버스들만 타면 갈 수 있다. 그만큼 이 두 버스는 제주도 구석구석을 누빈다. 그래서 제주도 전체를 편안하고 저렴하게 한 바퀴 돌면서 여행하려면 201번과 202번 버스 두 대면 아주 충분하다. 이 버스들은 동네마다 있는 정류장을 빼놓지 않고 모세혈관처럼 제주도의 구석까지 파고든다.

제 주 도 에 선 ' 정 해 진 길 '은 없 다

그런데 제주도의 특정 동네를 갈 때 이것 하나는 명심해야 한다. 201번 버스가 번호는 같지만, 2개의 노선이 존재한다는 사실 말이다. 이건 꼭 201번에만 해당하는 게 아니고, 제주도 버스 노선은 시간대에 따라서 같은 버스 번호이지만 특정 동네를 지나가는 버스도 있고, 다른 길로 가는 버스도 있다는 걸 꼭 확인해야 한다.

나도 처음에는 가끔 너무 난처하고 당황했던 적이 있었다. 분명 노선표에는 그 동네를 지나간다는 정보가 있었는데, 다른 길로 가는 거였다. 같은 버스에 탔던 제주 토박이분들과 버스 기사분에게 여러 번 물어, 물어 알게 된 사실은 시간대에 따라 버스 노선이 조금씩 달라진다는 이야기였다. 중고등학생들의 등하교 때나 직장인들의 출퇴근 시간대처럼 사람들의 이동이 많을 때는 어떤 동네를 통과하고, 승객이 드문 시간대는 다른 길로 가는 경우가 종종 있는 것이다.

제주도에 살면 많은 것들이 때로는 '기본 규칙'대로 가지 않는다는 걸 잊지 말아야 한다. 또 다른 예를 들자면, 식당도 마찬가지다. 제주도 토박이분들이 하는 식당들은 오픈 시간과 마감 시간에 변칙이 있다. 특히 마감 시간은 인터넷 정보를 1백 퍼센트 믿으면 안 된다. 식당이 쉬는 날도 마찬가지다. 기본 정보는 인터넷에 확인해서 참고자료로 삼아도 되지만, 절대적 자료로 생각하면 낭패를 보기 쉽다.

제주도는 육지와 달리 가게 주인이 문을 닫고 싶으면 언제든 볼일을 보러 가버린다. 그리고 '재료가 떨어지면' 그날그날 마감 시간도 달라진다. 그래서 육지에서 익숙하게 들어온 '손님은 왕이다'라는 마인드로 접근했다간 낭패를 보기 십상이다. 제주도에선 '그때그때' 주인장 마음이 법이기 때문에 꼭 전화로 확인하고 가는 게 제일 안전하다. 그리고 식당이 쉬는 날도 제주도에선 보통 수요일이 많지만, 또 그것도 일률적이지 않고 주인장 마음이라서 월요일, 화요일, 다 다르다. 그러니 제주도에서 식당을 이용할 때는 이런 점을 꼭 기억해야 한다.

역사가
숨 쉬는 곳

국립제주박물관 · 관음사

··

　　　　　　　　제주도를 잘 알고 싶다면 철마다
예쁜 꽃이 피는 곳이나, 사진이 잘 나오는 아름다운 카페도 좋지
만, 박물관을 찾으면 유익하다. 역사의 문제는 우리 존재의 피부와
같다. 과거의 역사 없이 우리가 현재에 존재할 수는 없기 때문
이다.

　우리는 역사적인 공간에 가면 그 시대로 시간여행을 떠날 수 있
다. 조선 시대부터 만들어진 돌하르방. 우리는 그 모습을 볼 때마
다 바로 그 역사적 시간 속에 함께하는 것이다. 돌하르방의 모습은
조선 시대부터 존재해왔고 우리는 그 역사 앞에 서 있다. 그래서
역사적인 물건이나 공간은 중요한 것이다. 과거를 떠올리는 매개

체가 되기 때문이다. 나는 돌하르방의 원형을 찾아 떠나는 여행을 하면서 또 다른 역사의 현장도 찾았다.

그 이야기를 바로 시작하기 전에 경주를 소환하고자 한다. 경주는 내가 어린 시절부터 자라온 포항의 바로 옆 동네다. 흔히 '천년 고도'라고 불리는 경주는 그 역사적 가치가 상당하지만, 내겐 너무 익숙한 곳이라 어릴 때는 그 의미를 몰랐다. 그냥 초등학교 때와 중고등학교 때 학교에서 봄소풍을 매번 가는 지겨운 곳, 그런 식상한 느낌 정도랄까. 그 이상의 의미도, 그 이하의 의미도 없었다.

하지만 어른이 되어 서울에서 수십 년간 머물다가 경주에 가본 느낌은 충격 그 자체였다. 경주를 거닐어본 적이 있는가. 그것도 모두가 잠든 한밤중에 말이다. 경주의 야경은 그야말로 온몸에 닭살이 돋을 만큼 신비한 기운이 돈다. 고요한 그 밤거리를 걸을 때, 천 년 전 왕들의 무덤을 지날 때 바로 그 순간 우리는 천년 고도로 돌아가는 것이다. 그 땅을 밟았던 그 시대 사람들의 발걸음 그대로, 우리는 바로 그 땅을 밟고 있다.

제주도에서 만난 추사 김정희 선생의 '세한도'

왜 내가 새삼 경주를 이야기하냐면, 익숙해졌을 때는 알 수 없는 것들이 세상엔 많다는 것이다. 제주도 사람들은 여기서 태어나고

자라서 못 느낄지 모르지만, 제주도에 있는 역사적 공간에 가면 역시 신비한 느낌이 든다. 그중에서 먼저 아주 특별한 경험을 한 곳은 국립제주박물관이었다.

사실 '박물관'이라고 하면 좀 고리타분한 느낌이 들기도 하지만, 제주도의 박물관은 이방인의 눈에는 새로웠다.

서울에 살면서 국립중앙박물관이나 서울역사박물관에 갔을 때는 너무 눈에 익은 것들이라 대충 둘러봤던 기억이 있다. 그런데 제주도에선 새로운 유물들이 많아서 발길을 오랫동안 멈추고 한참을 들여다보았다. 그 이유가 한편으론 내가 이제 좀 더 인생 경험이 많아져서 역사를 바라보는 눈이 바뀌어 그럴 수도 있겠다.

그런데 마침 내가 제주살이를 하는 기간에 국립제주박물관에서 추사 김정희 선생의 세한도 원본을 전시하는 특별전이 열렸다. 서울에서도 전시했지만, 제주도에서 세한도 원본을 만난다니 그 의미가 남달랐다. 그도 그럴 것이 세한도는 선생이 제주도에서 귀양살이할 때 그렸던 그림이기 때문이다. 어릴 때 교과서에서나 보았던 국보 제180호로 지정된 세한도를 이렇게 그 원본으로 보게 될 줄 몰랐다. 하지만 이상하게 '세한도' 원본을 보고 있자니, 눈물이 났다. 처음에는 생각보다 단순하고 소박한 원본을 보고, '어, 별거 아니네'라는 생각이 스쳤다가, 관련 영상까지 챙겨 보고는 감정이 이입돼 눈물이 났다.

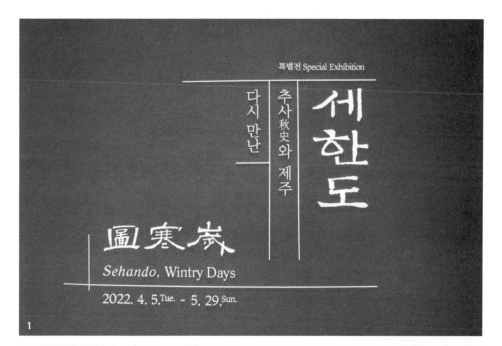

1 국립제주박물관의 '세한도' 특별전 안내글.

2 국립제주박물관에 전시된 세한도 원본의 모습.

3 추사관 앞길 풍경.

4 추사관으로 들어가는 입구.

　추사 김정희 선생이 이 그림을 그리게 된 이유를 곰곰이 되새겨 보니, 그때 심정이 어땠을까 짐작이 되어서다. 선생은 조선 시대의 당파 싸움에 밀려서 제주도까지 귀양살이하러 온 것이다. 세한도는 추사가 귀양 시절에 제자 이상적이 북경에서 귀한 책들을 구해와 유배지 제주도까지 가져다준 걸 고마워하며 그린 그림이다.

　그 당시 제주도는 얼마나 척박한 땅이었을까. 이곳에서 조선의 최고 지식인 중 한 사람인 김정희 선생이 느꼈을 자괴감과 고독은 또 얼마나 깊었을까. 그리고 높은 벼슬을 하다가 유배를 온 최악의 상황에서 모두가 고개를 돌릴 때 그 야박한 세상인심을 얼마나 한탄했을까. 그러던 중에 제자였던 이상적이 한겨울의 추위에도 끄떡하지 않고 푸르른 소나무처럼 그 마음을 변하지 않은 채 이 먼 길까지 찾아온 모습을 보던 추사의 마음은 또 어땠을까!

　이 당시 추사의 심정으로 돌아가 세세하게 짚어보니 눈물이 절로 흘렀다. 그리고 작가적 상상력을 발휘하여 지금 제주도에서 코로나 19에 밀려 2년 동안 제주살이를 하는 내 신세와도 오버랩해 보니 감정 이입이 더 잘되었다.

　한편, 국립제주박물관에서 '세한도 특별전'이 열리고 있다는 정보는 추사관에서 들었다. 제주도에는 김정희 선생이 귀양살이하던 곳의 터가 보존되어 있고, 그곳에 선생을 기리는 추사관이 있다. 추사관에서 설명을 해주시는 해설사분의 이야기를 듣던 중, 관람

객 한 분이 내게 세한도 특별전 정보를 알려주었다. 내가 해설사분에게 질문을 몇 번 드렸더니, 더 궁금하면 국립제주박물관에서 열리는 '세한도 특별전'에 가보라고 하셨기 때문이다. 추사의 '세한도' 원본을 볼 소중한 기회를 제주도에서 이렇게 맞이하니 기분이 묘해졌다. 그 귀한 역사적 자료를 보러 국립제주박물관을 찾았는데, 입장료까지 '무료'였다. 이런 호사가 다 있나!

인 간 의   모 순 이   시 간 을   거 슬 러   올 라 가 다

제주도에는 자세히 보지 않으면 알지 못하는 역사적 공간이 많다. 나는 역사의 흔적을 또 좇아 한라산 관음사에 다녀왔다. 내가 이곳을 방문한 것이 우연일까, 필연일까. 사월초파일을 며칠 남겨 놓지 않은 어느 날이었다. 사찰은 그리 크지는 않았지만, 고즈넉하고, 아름다웠다. 석가탄신일을 준비하는 연등이 관음사 여기저기 걸려 있었다. 이 아름다운 곳이 그 어느 해 4월 3일에는 피비린내가 났다니 믿어지지 않았다.

너무나 고요한 현재의 풍경과 어울리지 않은 과거의 기억이 혼재돼 있었다. 권력자들의 이념과 사상에 제물이 되어버린 슬픈 영혼들이 머물다 간 곳. 그날의 도륙전이 이날의 평화로움과 오버랩되면서 인간 세상의 모순이 시간을 거슬러 올라가는 듯했다.

오늘날에도 지구 한쪽 편에는 권력자의 '계획'으로 수많은 생명
이 피가 되어 강처럼 흐른다. 〈미스터 존스〉 영화를 예전에 봤기
때문에 러시아가 우크라이나를 침략할 것인가, 말 것인가의 문제
를 세계의 전략가들이 오락가락할 때 나는 역사적 흐름에서 러시
아가 우크라이나를 반드시 침략할 것이라고 확신했다. '역사는 반
복된다'는 그 당연한 역사적 교훈을 넘어 〈미스터 존스〉에 그 해답
이 있었기 때문이다. 하필 이런 시국에 관음사를 방문해 놓고 보
니, 피비린내 나는 그날의 역사
가 더 큰 울림으로 다가왔다.

4.3피해사찰 - 관음사

관음사는 제주4.3사건 당시 무장대 도당 사령부의 거점으로
활용되었다. 1949년 1월 4일 토벌대는 한라산 공습을 실시하였고
이때부터 관음사 일대는 토벌대와 무장대 간의 격전지가 되었다.
관음사를 접수한 토벌대는 1949년 2월 12일 관음사 대웅전을
비롯한 7채의 모든 전각에 불을 질러 하나도 남지 않게 되었다.
주지 오이화 스님이 토벌대의 고문후유증으로 별세하였다.

Jeju 제주특별자치도 제주불교신문

　　관음사는 산책하고 사색하기에
도 참 아름다운 곳이었다. 그러나
역사적 트라우마는 사라지지 않는
다. 모든 사람이 치유되기 전까지
는 과거의 역사가 현재의 상처로
언제까지나 되새김질하는 법이다.

인간이 인간의 자유를 억압하는 현실이 아이러니하다.

　　그날의 역사가 무색하게도 고개를 들어 바라본 한라산 봉우리는
너무 아름다웠다. 그 아름다움과 고즈넉함에 취해서 언제까지나
머무르고 싶던 공간, 슬프지만 아름다운 그곳에서 나는 간신히 발
길을 돌렸다. 해가 저물고 있었다.

PART
6

'무엇을
꿈꿀지'
묻다

Intro ; 시간은 자꾸만 달아난다

어릴 때 나는 세계명작동화를 열심히 읽곤 했는데, 그중에서 〈방랑의 고아 라스무스〉에 심하게 꽂힌 적이 있었다. 이때부터 내 삶의 목표는 방랑자가 되는 것이었다. 이 책에 나오는 주인공 라스무스처럼 방랑자가 되는 게 꿈이었다. 그 당시 읽었던 동화 〈닐스의 모험〉도 마찬가지로 이 꿈에 불을 지폈다. 나는 닐스처럼 거위를 타고 세계 여행을 다니고 싶었다.

그러나 시간은 자꾸만 흐르고 흘러서 나는 이제 인생의 중반을 넘어섰다. 세상은 동화처럼 아름다운 것만이 아니라는 것도, 매번 해피엔딩으로 끝나는 것이 아니라는 것도 알게 되었다.

'시간은 자꾸만 달아난다', 최근에 봤던 조엘 코엔 감독의 〈더 브

레이브〉 영화의 마지막 대사다. 그렇다. 시간은 늘 달아난다. 시간은 우리 인간 존재의 유한성 문제와도 연관된다. 우리가 이 점을 늘 기억하지 않으면 일상이 영원히 반복되고 자신의 존재가 무한할 거라는 착각에 빠져들기 쉽다. 우리는 기껏 길어 봐야 80년 정도의 시간을 유예받았을 뿐이다. 그것도 사람에 따라 다르지만.

어느 날 갑자기, 가까운 사람이 세상을 떠났을 때 깨닫는다. 인간의 삶은 언제 어느 순간 멈출지 알 수 없는 거라는 걸. 우리는 이 유한한 시간 속에서 날마다 달아나는 시간을 흘려보내고 있다는 것을.

가끔 삶이 무료해질 때 생각해 보라. 과연 지금 하고 싶은 일을 하고 있는지를. '하고 싶은 일만 하고 살아도 짧은 게 인생이다'라는 말이 있지만, 이 말을 실천에 옮기는 사람은 많지 않다는 게 삶의 진실이다.

남 의 시 선 으 로 부 터 자 유 로 워 질 용 기

어떤 사람들은 흔히 충고랍시고 이렇게 말한다.

"세상에 하고 싶은 일만 하고 어떻게 사나!"

그렇다. 언뜻 들으면 이 말도 일면 맞는 것 같지만, 이 말 속에는 또 하나의 '우리 사회의 폭력성'이 감춰져 있다.

"끓으라면 그냥 끓어!"

이렇게 강요하는 듯하다.

"남들도 다 따라 하는데, 왜 너만 다르게 살려고 하니. 남들도 자기 하고 싶은 일만 하고 사는 줄 아는가 보네. 배부른 소리 하고 있군. 그냥 닥치고 참고 살아!"

하지만 이런 말을 듣고, 이런 강요에 줄곧 따르면서 하고 싶은 일은 언제까지 미뤄야 하나. 평생 그렇게 참고 살아야 하나. 남들이 다 그렇게 산다고 나까지 그걸 따라야 하는 건 도대체 어디 법인가. '남들이 정답'은 아니지 않은가. 인생은 단 한 번뿐인데, 대신 살아줄 것도 아니면서 왜들 그렇게 강요를 하는 건지.

이처럼 우리나라에서 자기가 원하는 일을 하려면 용기가 필요하다. '남의 시선으로부터 자유로워질 용기' 말이다. 자꾸만 달아나는 시간 앞에서 우리는 용기를 내야 한다. 시간은 우리를 기다려주지 않으니까.

내 인생의 버킷리스트 중 하나였던 '제주살이'를 나는 이제야 달성했다. 비록 그 계기가 코로나 19로 인한 것이었지만, 용기는 역시 필요했다. 사실 아는 사람도 하나 없고, 생활 터전이 아무것도 없는 곳에 가서 산다는 건 꽤 용기가 필요한 일이다. 더구나 내 경우에는 제주도가 머리털 나고 한 번도 가보지 않았던 곳이기에 용기는 더 필요했다.

하지만 살 수 있는 시간이 그리 얼마 남지 않았다고 느낄 때, 없

송악산 둘레길.

던 용기도 생기는 법이다. 사실 내가 얼마나 살지 누가 장담할 수 있으랴. 오늘 당장 나갔다가 난데없이 날아온 돌멩이에 맞아 그 자리에서 죽을 수도 있고, 교통사고를 당할 수도 있는 노릇이다. 혹은 내 몸 안에 숨겨져 있던 지독한 병증이 제대로 발화를 해서 얼마 지나지 않아 마지막을 맞이할 수도 있다.

나는 코로나 19가 닥치기 몇 년 전에 잇따라 가까운 사람들이 저 세상으로 가는 슬픔을 겪었다. 죽음은 예고 없이 닥치고, 인간의 운명은 전혀 예측할 수 없다는 진실 앞에 무릎을 꿇었다. 어느 유명 배우가 말한 것처럼 인생에는 계획을 세울 필요가 없을지도 모른다.

'나중에' 혹은 '다음에'는 어쩌면 없을지도 몰라

누구나 인생의 버킷리스트가 있을 것이다. 하지만 항상 '나중에' 혹은 '다음에'라고 말하면서 그 버킷리스트를 미뤄놓는다. 그게 우리가 만나는 현실의 자화상이다. 나도 지인들에게 가끔 말하곤 했다.

"나중에 제주도에서 살아볼 거야!"

이렇게 말이다. 그런데 이 '나중에'가 언제일지 나도 몰랐다. 그냥 '모든 것이 좀 더 자리를 잡으면', '뭔가 좀 더 많이 이뤄놓으면'이라는 단서가 항상 붙었던 것 같다. 하지만 '만일 내가 내일 죽는다면'

혹은 '한 달만 살 수 있다면', '일 년만 산다면'이라는 전제가 붙으면 어떻게 할까. 당장 우리는 하고 싶은 일을 하러 달려갈 것이다.

안타까운 것은 실제로 어떤 이들에게는 이 전제가 현실이 될 수도 있다는 말이다. 나도 예전에 제일 친한 친구와 미래에 대해 이런저런 이야기를 했을 때, 언젠가 함께 제주도 일주 여행을 하자는 약속도 했다. 제주도에서 한번 살아보자고. 그런 날을 다 같이 꿈꾸었다. 그리고 그날이 왔건만, 결국 '함께'하진 못했다. 왜냐하면 그 친구는 지금 여기에 없기 때문이다.

제주도를 여행하면서 나는 자주 그 친구를 떠올렸다. 그리고 먼저 하늘나라로 간 그 친구를 간혹 원망하기도 했다. 지금 이렇게 제주도에서 나는 '계획대로' 살고 있는데, 왜 함께하지 못하는 것인지. 난 약속을 지켰는데, 넌 왜 약속을 못 지켰는지. 인간의 운명이란 게 마음대로 되지 않는 거란 걸 알면서도, 누군가를 탓하면 안 된다는 걸 알면서도 가끔 탄식을 쏟아놓고 싶을 때가 있다.

인생이 계획대로 안 된다는 걸 너무나 큰 충격으로 실감하자, 나는 요즘은 항상 '오늘 이 순간이 마지막'이라는 마음으로 살고 있다. 그러자 오히려 마음이 더 편해졌다. 하고 싶은 일에도 더 몰두할 수 있었다. 후회도 생기지 않고, 주저함도 사라졌다.

'아, 그때 내가 그렇게 했더라면!' 혹은 '아, 그때 내가 널 보내지 않았더라면!' 이런 한탄 따위는 이제 시간 낭비라는 걸 안다. 흘러간 과거에 대해 후회하는 건 남은 시간에 대한 예의가 아니다. 그냥 '어쩔 수 없었다'로 퉁 치고, 앞으로의 삶에 최선을 다해야 한다. 사실 인생을 살아가면서 인간이 '어쩔 수 없는' 일은 많다. 미래를 알 수 없는데, 어느 누가 항상 올바른 선택만을 할 것인가. 그리고 필름이 한 장밖에 없는 인생에서 되돌아가 다시 인생 영화를 찍을 수도 없는데.

송악산 둘레길 풍경.

송악산 둘레길에서 볼 수 있는 절경.

'디지털 유목민'이 되는
실험을 하다

KBS 제주방송총국

제주도의 돌하르방 원형을 찾아
가다 보니, KBS 제주방송총국까지 가게 되었다. 단순히 제주 관광
을 위해 돌아다녔다면, 아마 이곳은 볼 기회가 없었으리라. 제주특
별자치도 제주시 복지로1길 8에 있는 KBS 건물. 그날은 몹시 맑은
날이었다. 쏟아지는 햇살을 건물의 그늘을 찾아 피하면서 처음 와
보는 동네를 한참이나 걸었다. 대로변에 있는 상가도 구경하면서
천천히 걸어갔다.

　제주도의 상가 건물을 보면 아직도 신기함을 느낀다. 제주도 하
면 바다나 산 같은 자연만을 떠올리는 버릇이 여전히 남아 있나 보
다. 아니면 내가 '애월읍의 고내리'라는 시골에 자리를 잡고 2년을

지내다 보니, 제주 시내의 모습이 낯설게 느껴져서일지도 모른다. 휴대폰으로 네이버의 '빠른 길 찾기' 지도를 보면서 그 앱에 나오는 내 위치의 움직임을 살피면서 따라갔다.

문득 생각해 보니, 디지털 시대가 아니었다면 제주도에서 이리 편하게 지낼 수 있었을까 하는 의구심이 든다. 휴대폰으로 언제나 내가 가고자 하는 곳을 검색해서 갈 수 있다. 어떤 버스를 타야 하는지, 얼마나 대기를 해야 하는지도 쉽게 안다. 아무리 낯선 동네를 가더라도 다른 사람에게 길을 묻지 않아도 된다. 나의 제주살이가 수월했던 건 모두 다 디지털 시대의 선물 덕분이다.

디 지 털   시 대 의   선 물 ,   안 락 한   제 주 살 이

사실 제주도에서 내가 밥벌이를 따로 하지 않아도 된다는 건 디지털 시대의 가장 큰 혜택이다. 종이책을 만드는 것보다는 전자책을 만드는 일에 집중했다. 전자책은 컴퓨터와 인터넷만 있는 곳이라면 EPUB을 제작해서 언제든지 전자책 서점에 접속해 데이터를 올리고 매달 판매대금을 계좌로 받으면 그만이다.

예전에는 종이책을 만들 때 신간이 나올 즈음이면 마케팅도 있고 해서 서울을 쉽게 오갈 수 있고, 또 주요 서점의 본사에 가까운 일산이나 파주에서 지냈다. 그쪽이 내 생활 터전이었다.

하지만 제주도에서도 그게 가능할까. 이런 의문이 있었지만, 코로나 19로 대면 미팅이 중지되고, 비대면 미팅이 권장되었다. 그래서 제주도에서 살아도 별로 문제가 되지 않았다. 인터넷과 전화만 있으면 마케팅이나 신간 배본도 충분했다.

그런데 제주도에선 점점 주로 집필을 하고 전자책만 만들었다. 컴퓨터와 인터넷만 있으면 가능한 작업이고, 코로나 19시대 때는 모든 게 정지된 느낌이라서 종이책 신간을 만드는 걸 잠시 멈추고 있었기 때문이다.

그래서 애월읍 중에서도 더 한적한 고내리에 작업실을 두었지만, 내가 일을 하는 데 문제가 없었다. 수도권에선 역세권이 중요하지만, 제주도에서는 'H마트권'이 중요한데, 내가 있는 곳은 걸어서 30분 정도를 가야 했다. 처음에는 차로 가고 했지만, 어느 때부턴가 운동 삼아 걸어서 다녔다. H마트권이 그렇게 중요한지 몰랐는데, 제주도에서 살아 보니 중요하긴 했다.

제주도에선 현금인출기나 편의시설을 동네에서 흔히 만날 수 없었기 때문이다. 물론 내가 너무 시골에 자리를 잡아서이기도 했다. 제주도의 낭만을 생각해서 너무 한적한 곳에 있다 보니, 불편한 점도 많았다. 하지만 제주도로 이사 오기 전부터 오랫동안 이용하던 아이쿱생협에서 식재료를 배달받아 생활했기에 H마트 영향은 그나마 적게 받았다.

어쨌거나 제주도에서 일하는 건 디지털 시대 덕분으로 별로 달라질 건 없었다. 나는 늘 하던 대로 했다. 작업실에서 원고를 쓰거나, 다듬고 때로는 전자책을 직접 제작했다. 그리고 거래처에 필요한 일이 있을 때면 SNS나 혹은 이메일과 전화로 담당자들과 소통을 하며 일 처리를 했다.

만일 디지털 시대가 아니었다면, 이 모든 것이 가능했을까. 그야말로 나의 2년 제주살이는 '디지털 유목민'으로서의 삶을 실험해보고, 내게도 그게 가능하다는 확신을 심어주었다.

짜 릿 한 전 율 을 느 끼 며

드디어 KBS 제주방송총국 건물 앞에 다다랐다. 돌하르방 원형 2기가 이곳에 있다고 하는데 정문 앞은 아니었고, 건물 안에 있었다. 지나면서 보니까 안쪽 뜰에 자리를 잡고 있었다. 정문을 지나가려니까 일단 방문 목적을 말해야 했다. 나는 돌하르방 원형을 촬영하러 왔다고 이야기했다. 그러자 금방 입장 허가를 받았고, 위치를 안내받았다.

KBS 제주방송총국에 있는 돌하르방 원형 2기는 다른 곳보다는 잘 설치되어 있었다. 물론 이 돌하르방 원형도 다른 곳에서 옮겨왔다. 그래도 어쨌거나 현재는 잘 관리되고 있어서 다행이었다.

우선 돌하르방 원형의 안전을 확인하고 나자 안심이 되었다. 그래서 이 돌하르방 원형 2기를 촬영하기 시작했다. 이쪽 편에서 찍고, 저쪽 편에서 찍으면서 각도를 달리해 촬영했다. 아무도 방해하는 사람이 없었고, 시야를 가리는 관광객의 모습도 없었다. 관광지가 아니고, 코로나 19시대라 그런지 정말 조용하고, 한적했다. 아무도 없었다.

오로지 내가 눌러대는 디지털카메라의 셔터만 찰칵, 찰칵하며 연신 소리를 냈다. 나는 눈에 땀이 흘러들어 가는데도 열심히 사진을 찍어 댔다. 책을 만들 때도 그렇지만, 사진을 찍을 때도 나는 이 순간이 마지막일지도 모른다는 마음으로 셔터를 누른다. 그래서 원 없이 셔터를 눌렀다. 사진 전문가가 아닌 사람이 할 수 있는 유일한 방책은 가능한 한 많이 찍어서 최고의 컷을 건지는 길뿐이다. 나는 그 길을 따랐다.

돌아오는 길은 뿌듯했다. 늘 그렇듯이 돌하르방 원형의 사진 기록을 또 하나 내가 쌓아 올렸다는 사실에 만족스러웠다. 나는 마치 퍼즐을 맞추듯이 이렇게 돌하르방 원형 47기의 데이터를 하나씩 모아갔다. 하나씩 모일 때마다 짜릿한 전율이 흘렀다. 포켓몬스터 빵 스티커를 모으는 사람들 기분도 이런 걸까. 내 생각에는 돌하르방 원형 47기 스티커를 만들어 과자에 넣는 것도 좋은 아이디어 같다.

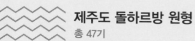

제주도 돌하르방 원형
총 47기

바라만 봐도
좋은 산

1100고지 · 송악산 · 성산일출봉

제주도 하면 한라산이 제일 유명하지만, 정작 나는 한라산에 올라가지 않았다. 2년 동안 제주도에 살면서 한라산에 올라갈지는 처음부터 계획에 없었다. 제주도에 산다고 해서 꼭 한라산 정상을 올라야 한다는 법칙은 없지 않은가. 나는 남들이 다 해야 한다는 것에는 약간 '삐딱선'을 타는 성향이 있다.

게다가 제주도에 살아 보니까, 한라산 백록담의 분화구에 목을 맬 필요가 없다는 걸 깨달았다. 백록담 분화구가 제주도에서 제일 크지도 않을뿐더러, 오름에만 올라가도 분화구를 볼 수 있었다. 그래서 나는 제주도를 떠날 때까지 한라산 정상에 올라 백록담을 볼

1100고지에서 바라본 한라산 백록담.

성산일출봉으로 올라가는 계단에 돌하르방의 모사품이 서 있다.

생각이 없다.

그냥 내가 가볍게 산책할 수 있는 정도로만 제주도에 있는 산을 둘러 보았다. 사실 인생에서도 올라야 할 산들이 많은데, 굳이 한라산 꼭대기까지 힘들여가며 올라가고 싶지 않다는 게 솔직한 심정이다.

그런데 한라산에 편하게 가는 방법이 있다. 꼭 정상에만 올라야 하는 법은 없다. 2021년 마지막 날에 나는 아주 간편하게 한라산 맛을 보고 왔다. 한라산 중턱에 있는 1100고지를 다녀온 것이다. 2022년 새해맞이 기(氣)를 나름대로 얻고 왔다. 1100고지는 서귀포시 중문동과 제주시를 연결하는 1100 도로에서 가장 높은 곳에 있는 고지를 말한다. 여기까지 차로 갈 수 있다. 자동차든, 뭐든, 심지어 버스도 간다. 버스정류장도 있고 해서 누구나 손쉽게 접근할 수 있다. 그래서 어린이나 노약자들과 같이 제주도 관광을 오는 사람들이 한라산 맛을 잠시나마 느껴보기 위하여 자주 방문하는 곳이다.

제주도에 살면 겨울철마다 눈이 조금이라도 내리는 날에는 어김없이 문자가 오는 데, 바로 이 1100고지가 눈으로 통행이 제한된다는 안내문이다. 그만큼 겨울에 툭 하면 통행이 금지될 정도로 꼭대기에 위치한다. 한라산 높이가 대략 1,950m인 걸 생각하면 1100고지까지 손쉽게 오른다는 건 정말 매력적인 일이다. 이처럼 인생은 반드시 하나의 길만 있는 것이 아니다. 한라산에 가는 방법도 여러 가지가 있듯이 인생에도 그 목적지까지 가는 방법은 다양하다. 할 수만 있다면, 나는 인생을 편하고 자유롭게 살고 싶다.

송 악 산 ,   그   아 름 다 움 과   처 연 함 의   이 중 주

제주도 서귀포시 대정읍에 있는 송악산. 그 둘레길을 걸어봤다. 소문대로 가히 전망이 좋았다. 송악산 둘레길은 제주올레길 10코스라고 하는데, 내겐 큰 의미가 없었다. 내가 사는 동네 바로 앞길

성산일출봉으로 가는 길.

도 제주올레길 16코스이다. 그뿐만 아니라, 제주도에선 온통 올레 길이기 때문이다. 그래서 올레길을 완주하고 몇몇 코스라는 게 내 게는 아무런 의미도 없다. 그냥 걷고 싶은 만큼 걷고, 걷고 싶은 동 네에서 걸으면 그걸로 족했다.

송악산 둘레길에는 분화구도 있고, 유람선 선착장도 있고, 유명 한 드라마 〈대장금〉 촬영지도 있다. 또 역사적 현장도 있는데, 일 제강점기 때 동굴진지도 있고, 섯알오름 학살터도 있다. 그러니까 송악산 둘레길을 단순히 산책하기 좋은 곳이라고만 생각하는 선입 견은 버리는 게 좋다. 이곳에 가면 한편으로는 좋은 풍광 덕분에 즐겁기도 하지만, 또 한편으로는 일제강점기 때의 참혹한 광경이 떠올라서 마음이 무겁기도 하다.

성산일출봉, 내게는 가까이하기엔 너무 먼 그대

제주도에서 관광지를 방문하면 보통 짧으면 30분, 길어봐야 1시 간 정도면 다 돌아볼 수 있다. 어딜 가나 비슷하다. 대략 그렇게 짧 은 시간밖에 걸리지 않아서 처음엔 적응이 잘 안 되었다. 기대를 잔뜩 하고 갔는데, 고작 30분 정도면 다 둘러보니까, 한편으론 좀 허탈하기도 했다. 관광객에겐 오히려 일정을 잡기가 더 좋은 걸까.

오름도 다 그런 모양새였다. 처음엔 오름이 산인 줄 알고 좀 겁을 먹었지만, 눈 깜짝할 사이에 올라버리니까 신기하기도 하고 허탈하기도 하고. 그런데 성산일출봉은 산이라서 그런지, 그 가파르기도 상당했다. 제주도의 유명 오름이나 산은 길을 잘 만들어 놓았는데, 성산일출봉은 그 경사가 내가 생각했던 것보다 좀 심했다. 물론 요즘은 예전보다는 훨씬 쉬워졌다고는 하나, 내 체력으로는 어떤 구간에서 심지어 헛구역질이 나올 만큼 무척 힘들었다.

그래도 기왕 오르기로 한 거라서 정상까지 갔는데, 생각했던 것보다 좀 허망했다. 전망이 굉장히 좋을 거라고 기대했는데, 막상 올라 보니 다른 오름에서 보는 거나 매한가지처럼 느껴졌다. 내 눈에는 말이다. 난 도대체 무얼 기대하고 상상했던 걸까. 그냥 정상에서 기념사진만 찍고 말았다. 이날 결심했다. 한라산에는 정말 오를 필요가 없겠구나, 하고 말이다. 물론 체력이 되는 사람은 가보는 것도 좋겠지만, 나처럼 성산일출봉도 오르기 힘든 사람에겐 한라산 정상까지는 무리가 아닐까.

나는 산보다는 탁 트인 바다를 더 좋아하나 보다. 태어난 곳도 해양 도시, 진해이고 자란 곳도 해양 도시, 포항이기 때문에 바다에 더 애틋함이 있다. 그리고 시야를 가리는 산길보다는 시야가 탁 트인 바다가 좋다. 내가 제주도 산 중에서 가장 마음에 들었던 곳은 송악산 둘레길이다. 별로 힘을 안 들이고도 풍광이 좋은 곳을 감상할 수 있어서다. 산방산도 멀리서 그냥 바라보는 게 좋고. 산은 그

1100고지 휴게소 주차장에 있는 백록상. 한참 바라보고 있으면 특별한 영감을 던져 준다.

냥 바라보는 게 좋은 것 같다. 적어도 내겐 그렇다.

산방산은 제주도에서 유명한 곳인데, 산방산 풍경은 누구나 한 번쯤 봤을 수도 있다. TV나 광고에서도 자주 등장하는 모습이 산방산이나 성산일출봉 풍경이니 말이다. 제주도 버스를 타고 가다 보면 늘 광고 화면에 산방산이나 성산일출봉이 보인다. 제주도에선 그리 높지 않은 산이라도 희소성 때문에 꽤 대접을 받는 것 같다.

PART
7

'삶의 기쁨을
어떻게 찾을지'
묻다

Intro ; "신은 곳곳에 삶의 기쁨을 심어두었다"

영화 〈인투 더 와일드〉를 보면, 다음과 같은 말이 나온다.

"인간 정신의 본질은 새로운 것을 경험하는 것이다. 인간 정신의 본질은 새로운 경험을 통해서 얻어진다."

나는 이 말에 몹시 공감한다. 이게 바로 삶의 진리이자 깨달음이라고 생각한다. 또 이 영화에서는 '삶의 기쁨을 인간관계에서만 찾으려는 것은 잘못이다'라는 말도 나온다. 이 영화의 주인공은 알래스카에서 자연과 더불어 사는 것을 가치 있게 생각하고, 기존의 삶을 버려둔 채 알래스카로 떠난다.

이 영화를 제주도에서 보니까, 전체적인 흐름이 더 와닿았다. 물

산방산보문사에서 바라본 용머리해안의 풍경.

론 알래스카와 제주도를 같은 선상에 놓고 감정 이입을 한 건 아니다. 영화 속 주인공처럼 내가 대자연에 그대로 몸을 내맡긴 채 살고 있지 않은 점도 다르다. 하지만 살던 곳을 정리하고 자연과 함께하기 위해 도시를 떠나온 건 은유적으로 봤을 때 그 맥락이 비슷했다. 내가 항상 고민하던 삶의 방식에 대해서 이 영화는 곳곳에서 그 해답의 암시를 주었다.

"신은 곳곳에 삶의 기쁨을 심어두셨죠."

삶의 기쁨은 인간관계에만 있는 게 아니라, 우리가 경험하는 모든 것에 존재한다는 이야기에 뭔가 해답의 실마리를 찾은 듯했다. 일갈하는 듯한 이 한 마디.

"우리는 그저 관점만 조금 바꾸면 돼요!"

사람마다 똑같은 인생 매뉴얼은 없다

항상 남의 잣대로 사는 사람은 행복하지 않다. 우리나라 사람들은 다른 사람들 눈치를 많이 본다. 인생 목표도 그렇고, 생활에서도 그렇다. 고등학교를 졸업하면 으레 대학을 가야 하고, 일정한 나이가 되면 결혼을 해야 하고, 또 청약저축통장도 준비해야 하고, 보험도 몇 개 들어야 하고. 집도 사야 하고, 애도 낳아야 하고, 모두가 판박이처럼 '똑같은 인생'을 설계하라고 강요한다.

우리나라에서 살아가려면 모든 사람에게 똑같은 인생 매뉴얼이 있는 것 같다. 남들이 정해놓은 인생의 사용설명서대로 살지 않으면 무언의 비난을 받는다. 때로는 날이 선 편잔을 들어야 할 때도 있다. 하지만 그렇게 살아서 다들 행복한가. 왜 들려오는 풍문이나 혹은, 어떤 조사에 따르면 우리나라 사람들의 자살률이 높다고 할까. 행복하지 않다는 말이다.

사람은 나이를 먹으면 저절로 지혜로워지는 걸까. 아닌 것 같다. 그럼 우리나라 나이 먹은 사람들이 다 지혜로워야 하는데, 그런 것 같지 않다. 나이 든 사람일수록 더 인생의 매뉴얼을 강요하니까 말이다. 사람은 나이를 먹는다고 반드시 현명해지는 건 아닌가 보다.

물리적인 나이보다는 많이 경험하고, 많은 걸 깨달아야 현명해진다. 사람은 다양한 경험을 통해서 변화하고 성숙한다. 더 많은 걸 경험하기 위해서 하나의 쉬운 방법을 제시하자면, 사는 곳을 옮겨 다니는 거다. 환경을 바꿔보는 거다. 우리는 농경사회의 후예라서 그런지, 한곳에 자리를 잡고 사는 걸 인생의 미덕으로 여긴다.

하지만 세상은 변했고, '디지털 유목민' 이야기도 나오는 마당에 붙박이 가구처럼 한자리에만 있는 게 미덕일 리 없다. 자주 집을 옮겨 살면 삶에 활기가 넘친다. 한 번씩 이사할 때마다 대청소를 할 수 있고, 사용하지 않는 물건들을 버리고 정리할 수 있다. 또 새로운 동네를 알아가는 재미, 그리고 새로운 집에 어울리는 가구나

산굼부리의 풍경.

소품을 사는 것도 인생의 소소한 즐거움이다. 자연스럽게 미니멀 라이프, 심플라이프를 즐길 수 있다.

한곳에 오래 살지 말기를. 인간은 환경의 동물이기도 해서 공간이 바뀌면 새로운 생각을 할 수 있다. 언제나 같은 집, 같은 장소를 오가며 사물을 바라본다는 건 생각을 고착화하고 가둘 수 있다. 평생 같은 곳에서, 같은 풍경을 바라보고 산다면 얼마나 따분할까. 똑같은 공간에서 같은 구조를 늘 바라보고 산다면 얼마나 뇌가 지루해할까.

다른 삶을 원한다면 다른 운명을 받아들여야

우리는 얼마나 새롭고 다른 생각을 하며 살 수 있을까. 나는 다양한 곳에서 다양한 것들을 보라고 말하고 싶다. 여건상 이사를 자주 다닐 수 없는 경우라면, 최소한 실내 공간 구조라도 바꿔보는 건 어떨까. 가구의 배치라도 자주 바꿔보는 건 어떨지. 새로운 곳을 보고, 새로운 것을 경험해야 인간은 더 지혜로울 수 있다. 단순히 나이만 많이 먹는다고 지혜로워지진 않는다.

다른 사람의 선택에 대해서 일정한 인생 매뉴얼을 정해놓고 강요하지 말자. 그것도 어떻게 보면 사회적 폭력의 문제이다. 왜 대한민국에 사는 모든 사람의 삶을 하나의 매뉴얼로 가둬야 하나. 그

러니까 노벨문학상 하나 없는 나라가 되는 것이 아닐까. 물론 혹자
는 노벨문학상이 또 무슨 최고의 기준이냐고 말하겠지만, 어쨌든
없는 건 사실이다. 최근 들어서 국내 영화계에서는 국제적 수상이
잇따르는 쾌거가 일어나는데, 문학계에서도 노벨문학상을 한번 받
을 때도 됐다. 그러기 위해선 우리나라의 문화적 분위기가 우선 달
라져야 한다. 그런 정신적 토대의 변화가 따라줘야 한다. 그 사람
의 선택을 존중하자. 스스로 행복하지도 못하면서 자기의 기준을
남에게 강요하지 말자.

　각자의 삶에 감탄하는 삶을 살면 어떨지. 똑같은 인생 매뉴얼에
갇혀 사는 게 아니라, 사람마다 그 향기에 알맞은 삶의 그림을 그
리는 거다. 나는 감탄하는 삶을 살고 싶다. 내가 내 안에서 길어 올
려 만들어내는 새로운 작품들, 그리고 또 밖에서 볼 수 있는 세상
에 대한 감탄, 항상 새로운 것을 보면서 인간이 만들어 놓은 것에
대한 감탄. 그런 삶의 나날들을 그려가고 싶다.

　다른 사람과 다른 삶을 원한다면 다른 운명을 받아들여야 한다.
다른 사람과 똑같이 살면 그게 과연 내 인생일까. '돌하르방의 원
형'을 찾는 여행을 하면서 나는 어떤 인생을 살아야 할지 다시 한번
생각했다. 원형과 복제품, 우리는 어떤 인생을 살아야 하는 걸까.
그건 각자 어떤 인생의 깊이를 갖고 싶으냐에 따라 그 해답은 달라
질 것이다. 나는 복제품이 아닌 원형의 삶을 살고 싶다.

옛꿈을
그리다

제주대학교 박물관

　　　　　　　　어느 날, 제주대학교 박물관에 있
는 돌하르방 원형을 찾아갔다. 무려 4기나 있다고 하니, 기대감을
안고 길을 나섰다. 제주대학교에 가려면 내가 사는 곳에서 270번
버스를 타고 아무 생각 없이 한 시간 조금 넘게 있으면 도착한다.
270번 버스 종점이 제주대학교이다. 이건 그냥 제주도에서 버스를
타면서 개인적으로 가진 느낌인데, 살짝 '썰'을 좀 풀어보겠다.

　제주도에 내려오기 전에는 버스를 거의 탈 일이 없어서 다른 지
역과는 비교할 수 없지만, 제주도에서는 버스 번호별로 특징이 있
다. 202번은 앞에서도 말한 적이 있지만, 동네 구석마다 있는 버스
정류장에 멈춰야 해서 속도를 낼 수 없나 보다. 그래서 그렇게 빨

리 달린다는 느낌은 없는데, 270번은 타자마자 거의 '미친 듯이' 달린다. 표현이 좀 과격하다면 이해하기 바란다. 다만, 좀 더 입체적인 느낌을 주기 위해서 어쩔 수 없었다. 코로나 기간이라 제주도 도로에 차가 그리 많지 않아서일 수도 있다.

제주도 버스는 크게 다섯 종류로 나뉜다고 한다. 급행, 일반(간선), 지선, 관광지 순환버스, 시티투어버스이다. 제주도 버스는 2022년 기준으로 1,200원이면 제주 전 지역으로 어디든 이동할 수 있다. 교통카드를 사용하면 1,150원이면 이용할 수 있다. 급행버스는 2,000원이 기본이고, 아주 먼 거리일 때 최대 3,000원이다. 급행버스는 빨간색 버스이고, 일반 버스는 파란색, 지선은 초록색, 관광지순환버스는 노란색이다.

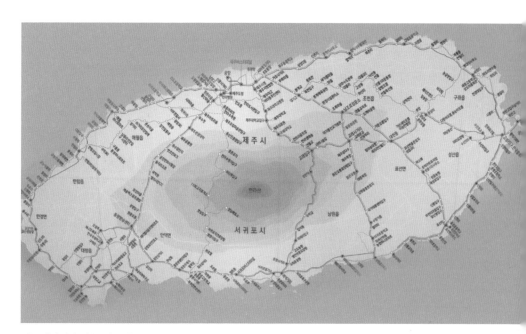

제주터미널에 있는 버스 운행 지도.

제 주 도 의 　 버 스 　 이 야 기

　나는 주로 급행과 일반(간선) 버스를 많이 탔다. 내가 사는 애월에서는 102번 버스가 급행인데, 빨간색 버스다. 그리고 방금 이야기했던 202번 버스는 일반(간선) 버스로 파란색이다. 제주도를 돌아다니려면 급행과 일반 버스를 주로 이용하면 된다. 이 두 버스만 타면 제주도 어디라도 갈 수 있다.

　그런데 가격이 두 배라서 그런지 몰라도 급행인 빨간색 버스를 타면 버스 내부도 더 쾌적하고, 기사님의 서비스 태도도 점잖다. 일반 버스는 내 관점에서 좀 '거칠다'는 느낌을 자주 받곤 했다. 그리고 어떤 기사님은 정말 승객들에게 잔소리를 많이 한다. 내가 다른 지역 버스를 근래에 타본 적이 없어서 비교할 수 없지만, 나만 이렇게 느끼는 게 아니라는 거다. 하루는 어떤 파란 버스에 탔는데, 기사님이 또 심하게 잔소리를 늘어놓는 거다. 그걸 듣고 있던 아저씨 승객 한 분이 화를 마구 내면서 뒷자리로 도망갔다.

　"아, 귀에 피 나겠네!"

　이 말을 듣고 나도 속으로 맞장구를 쳤다. 내가 하고 싶었던 말이었는데, 누가 대신해주니까 속이 시원했다. 제주도에서 버스를 타면 저렴한 가격에 온 동네를 모두 다 관광하고 다닐 수 있지만, 가끔 기사분을 잘못 만나면 '귀에 피가 날 수도' 있으니 조심하기 바란다. 그리고 롤러코스터처럼 버스가 '겁나게' 달릴 수도 있으니, 그것도 참고하기 바란다. 한편으론 스릴이 넘쳐서 좋기도 하다. 놀이공원에 따로 가지 않고 버스만 타도 속도감을 즐길 수 있으니 말이다. 뭐든 긍정적으로 생각한다면 한결 마음 편한 여행이 될 것이다.

어느덧 제주대학교 앞에 버스가 도착했다. 자주 270번을 타고 다니다 보니, 이제 버스 창문 너머 풍경도 너무 익숙해져 새롭지 않다. 처음으로 제주 시내 치과를 가거나 볼일을 보러 갈 때 270번을 타면 바깥 풍경이 신기했다. 그래서 목적지에 도착할 때까지 한시도 창문에서 눈을 떼지 않았다.

제주도에서 버스를 타보면 누가 여행객인지, 도민인지 분명히 알 수 있다. 창밖을 뚫어져라, 응시하면서 내내 버스를 타고 있으면 분명히 관광객이다. 더구나 버스 창문 벽에 붙은 노선표를 휴대폰 카메라로 열심히 찍고 있으면 십중팔구 제주도에 도착한 지 얼마 안 되는 관광객이다.

나도 마찬가지였다. 제주도에 살면서 약 6개월가량은 모든 게 신기했다. 버스를 타도 신기하고, 노선표도 신기하고, '제주'라는 글자만 봐도 신기했다. 그런데 한참 살다가 보니까 모든 게 익숙해져서 심드렁해졌다. 나도 점점 진짜 도민이 되어가고 있었다. 내가 제주도에 와서 잠시 우연히 알게 된 제주 토박이분도 유채꽃을 보러 산방산까지 가는 걸 이해하지 못했다. 온 동네마다 피는 유채꽃인데 굳이 산방산까지 가서 볼 게 뭐냐고 했다. 처음에는 나도 그 제주 도민의 감성을 이해 못 했는데, 한참 살다가 보니까 그 의미를 알게 되었다. 유채꽃은 정말 제주의 어느 동네에서도 다 실컷 볼 수 있으니까.

캠퍼스의 낭만과 한낮의 꿈

제주대학교 앞 도로에는 '벚꽃 터널'이라고 불릴 만큼 길어서 한참을 걸을 수 있는 제주대학교 벚꽃길이 있다. 인터넷에서도 '제주대학교 벚꽃 명소'로 입소문이 많이 난 곳으로 아주 유명하다. 벚꽃과 내가 인연이 깊은지 몰라도 내가 태어난 진해가 우리나라에서 벚꽃으로 제일 유명하다.

제주도에 와서도 우연인지, 필연인지 애월고등학교 근처에 작업실을 얻었는데, 바로 그 애월고등학교 앞길도 제주도에서 벚꽃으로 유명한 '핫스팟'이었다. 처음엔 몰랐는데, 어느 봄날에 보니까 도로 앞에 자동차들이 긴 줄로 늘어서 있었다. 나는 학교 행사가 있어서 학부모들이 방문한 줄 알았는데, 알고 봤더니 관광객들이 벚꽃 사진 찍으러 길에 차를 주차해놓은 거였다. 원래 가까이 있으면 소중한 걸 모른다고, 나는 애월고등학교 벚꽃길에서는 사진을 한 번도 찍지 않았다. 엎어지면 코 닿을 곳인데도 말이다.

제주대학교 박물관 앞에 마주보고 있는 돌하르방 원형 4기의 모습.

제주도에 살면서 간단히 제본할 일이 있으면 제주대학교 앞을 자주 찾았다. 제주도에선 제본 같은 볼일을 동네에서 편하게 처리할 만한 데가 없어서 대학가 주변을 자주 이용해야만 했다. 그래서 제주대학교를 자주 방문했는데, 돌하르방 원형이 그곳에 있다는 건 이 책을 준비하기 전까지 몰랐다.

돌하르방 원형을 만나러 제주대학교 박물관이 있는 데까지 걸어 들어가다 보니, 다시 대학생이 된 듯한 착각이 들 만큼 캠퍼스의 낭만이 느껴졌다. 제주도에 계속 눌러살면서 대학원을 다닐까 하는 생각마저 들 만큼 대학교 산책로가 운치를 더했다.

한동안 캠퍼스 안을 이렇게 걸어 다닐 기회가 없었는데, 코로나 시대라서 더욱 한적한 제주대학교 안을 거닐다 보니, 오랫동안 잊고 있던 소망이 다시 꿈틀거렸다. 계속 공부하고 싶었던 철학 전공을 여기서 한번 이어가 볼까 하는 내 청춘의 꿈! 철학이라는 전공을 선택한 것은 모든 학문 중에 '원형'이라고 생각해서였다. 그리고 대학원에 가서 철학 전공을 이어가는 것은 내 인생의 '꿈의 원형'이었다. 나는 제주대학교 박물관에 돌하르방 원형을 찾으러 갔다가 내 '꿈의 원형'과 불현듯이 만났다.

제주대학교는 국립대학교라서 학비도 상대적으로 저렴할 것이라 안성맞춤이었다. '제주도에서 출판 일을 계속하면서 대학원에 진학을 한다면?' 이런 생각만으로도 갑자기 대학생 때처럼 설레었다. 이 생각이 현실이 되면 오랫동안 묵혀 두었던 나의 옛꿈에 대해 응답할 기회가 된다. 내가 사는 곳에서 270번 버스만 타면 바로 제주대학교에 도착하는 것도 딱 내가 대학원에 진학하라는 '하늘의 계시'처럼 느껴졌다. 하지만 역시 나 혼자만의 '한낮의 꿈'일 뿐, 나는 이 책을 출간하고 나서 부산으로 떠날 계획이다. 결과적으로는 제주도에 온 초창기 때 그 낭만에 젖어서 다시 옛꿈을 잠시 소환했을 뿐이다.

이날 나는 제주대학교 박물관 앞에 있는 돌하르방 원형 4인방을 영접하고 나서, 열심히 카메라 서터를 눌러댔다. 캠퍼스의 낭만도 즐기고, 운치도 누리며, 나는 돌하르방 원형을 찾는 길에서 옛꿈과도 조우했다. 한낮의 꿈이었지만, 잠시라도 설레서 좋았다. 돌하르방 원형도 4기나 만나서 기뻤다. 이래저래 즐거운 여행이었다.

제주대학교 박물관 앞에 있는 돌하르방 원형의 모습들. 2기씩 마주보고 서 있다.

이야기가
있는 곳

용두암 · 외돌개 · 만장굴 · 산굼부리 · 용머리해안

제주도에는 전설이 서린 곳이 더러 있다. 지금 이야기하고자 하는 용두암도 그렇다. 용두암은 행정 구역상으로는 제주시 용담 2동에 속한다. 공항 근처에 있다. 내가 사는 애월읍과도 가까워서 손쉽게 다녀온 곳이다. 바닷가에 용머리의 형상을 하는 이 바위의 높이는 약 10m나 된다고 한다. 공항과 무척 가까워서 제주도 관광을 마치고, 항상 마지막에 들르는 곳으로 유명하다.

용두암에 얽힌 전설의 내용은 대략 이렇다. 근처 계곡 용연에서 살던 용이 승천하려다가 돌로 굳어졌다고 한다. 파도가 심하게 치는 날이면 정말로 용이 꿈틀거리는 모습 같다고 한다. 용과는 나도

용두암. 용머리 모양을 하고 있다. 몸통은 바닷속에 잠긴 형상이다.

인연이 참 깊다. 나의 태몽이 용꿈이란다. 용이 우리 집 방안에서 두 눈에 시뻘겋게 불을 켜고 승천하려는데, 천장에 갇혀서 파닥거리는 모습을 보면서 우리 어머니가 꿈을 깼다고 한다. 결국엔 승천하는 모습은 못 본 셈이다. 내가 성공을 거두는 모습을 못 보고 이미 돌아가셨으니, 그 꿈이 맞긴 맞다.

한편, 용이 울부짖으며 바다에서 솟구쳐 오르는 형상을 따 '용두암'이라고 이름을 지었다고 하니, 이 또한 아직 승천하지 못한 용이다. 이 전설을 알고 용두암을 보다 보면, 내 태몽이 생각나서 애잔해졌다. 우리 둘 다 아직은 승천하지 못한 용일 뿐이니까.

외돌개의 두 가지 다른 이름에 얽힌 이야기

용두암이 제주시에 있는 바위 전설이라면, 서귀포시에 있는 바위 전설도 있다. 바로 외돌개다. 일명 '장군석'이라고도 불리는데, 이 전설의 내용은 이렇다. 고려 말기에 제주도에 살던 몽골족들은 고려에서 명나라에 제주의 말을 보내기 위해 말을 자주 징집하는 일에 반발하여 요즘으로 치면 폭동을 일으켰다. 바로 목호(牧胡)의 난이다. 자기들이 애써 말을 키워놓으면 명나라로 자꾸 보내니까, 성질이 났나 보다. 이에 고려의 최영 장군은 이들을 격퇴하러 왔는데, 범섬으로 도망가버려서 토벌하기 위해 꾀를 냈다. 외돌개를 장

외돌개와 범섬의 모습.

군의 형상으로 치장시켜 놓고 최후의 격전을 벌였다고 한다. 그런데 이 몽골족들이 최영 장군의 의도대로 외돌개를 대장군으로 알고 놀라 스스로 목숨을 끊었다는 이야기다.

외돌개 높이는 20m로 용두암보다 두 배나 크다. 바다 한복판에 홀로 우뚝 솟아 있다고 하여 붙여진 이름이라는데, 혼자 서 있는 바위를 보니 무척 외로워 보였다. 이 외돌개는 최영 장군과 관련된 이야기 말고도 또 다른 전설이 있다. 바로 '할망바위'에 얽힌 이야기다. 한라산 밑에 어부로 살아가는 할아버지와 그 부인이 살았다고 한다. 어느 날 바다에 배를 타고 물고기를 잡으러 나간 할아버지가 풍랑을 만나 돌아오지 못했다. 그러자 할머니는 바다를 향해 하르방을 외치며 통곡했다고 한다. 너무 소리쳐 울다가 결국 죽어서 바위가 되었다고 한다. 최영 장군 이야기와는 그 내용과 분위기가 완전히 다르다. 같은 바위를 보고도 이렇게 다양한 이야기가 전해 내려온다니 역시 인간의 상상력은 놀랍다.

외돌개 전설을 원형과 모사의 구조로 분석해 보자면 이렇게 생각해 볼 수 있다. '외돌개'에 얽힌 두 가지 다른 전설은 '바위'라는 원형이 있다면 우리 눈에 보이는 현상인 '장군'이나 '할머니'의 모양새에서 이야기가 생겨났다. 바로 '바위'라는 본질의 '현상'으로 장군이나 할머니 모습이 우리 눈에 보여서 다른 이야기들이 생성되었다. 정리하자면, '바위는 원형이자 본질'이며, '이야기는 모사'라는 대응식이 성립한다. 그래서 바위라는 원형은 하나지만, 현상, 즉 그 모사품은 다양해질 수 있다.

그밖에 외돌개 근처에는 제주도의 3대 폭포도 있고, 범섬, 문섬도 있다. 가는 길에 범섬을 봤는데, 느낌이 묘한 섬이었다. 영화를 찍는다면 배경으로 잡고 싶을 만큼 참 야릇한 분위기가 났다. 그 모습을 따로 떼놓고 보자니, 외돌개처럼 다양한 이야기가 흘러나올 것만 같다. '섬'이라는 원형에서 기묘한 분위기 때문에 변질된 현상이 보여지는 셈이다. 원형에서 변질된 현상이 때로는 이렇게 창조적 원천으로 발전할 수도 있다. 그럼 그 현상은 또 새로운 원형으로 탈바꿈한다.

그리고 어느 날, 내가 그 자리에 서다!

천연기념물 제98호로 지정된 제주시 구좌읍에 있는 만장굴. 제주도 말로 '아주 깊다'는 의미에서 '만쟁이거머리굴'로 불려왔다고 한다. 워낙 유명해서 제주도에 오기 전부터 많이 들었던 곳이다. 그래서 한 번쯤 꼭 가봐야지 하고 벼르고 벼르던 어느 날, 드디어 찾아갔다. 제주도는 화산섬이라서 천연동굴이 많다고 하는데, 만장굴도 그중 하나다. 제주도에 내려오기 전에는 동굴들도 좀 여러 군데 찾아서 가볼 작정이었지만, 만장굴을 가보고는 그냥 하나만

만장굴의 끝에 있는 용암석주(돌기둥). 만장굴의 하이라이트다. 조명은 빨간색, 보라색 등으로 시시각각 달라진다.

만장굴의 내부 모습.

보고 말기로 했다. 물론 만장굴의 규모가 세계적이라고 하는데, 길고 넓었다.

그런데 동굴이라 당연한 이야기겠지만, 내부가 좀 컴컴하고 어두운 느낌이라 석주(石柱)·종유석(鍾乳石) 등이 장관을 이루어도 내 눈에는 그냥 걷기에 불편한 동굴일 뿐이었다. '아는 것만큼 보인다'고 하는데, 내가 동굴에 대해 너무 아는 게 없었나 보다. 그러나 수십 만 년 전에 만들어졌다는 이 동굴에서 시간의 흐름을 타고 그 당시로 돌아간 상상을 해보니, 신비로운 기분이 들었다. 분명 아주 오래전 그 어느 날에 화산이 폭발해서 용암이 흘러 이곳을 지나갔고, 내가 또 이 자리에서 그 흔적을 본다는 게 이상한 기분이 들었다. 어쨌든 나는 만장굴을 한번 본 것만으로도 만족했다. 그리고 만장굴의 하이라이트 격인 굴이 끝나는 곳까지 가보고 난 후 읊은 이 한 마디로 소회를 대신하고자 한다.

'만장굴, 어느 날 용암이 흘렀다. 그리고 어느 날, 내가 그 자리에 서다!'

한편, 제주도에서 도민으로 살면 주요 관광지 입장료가 무료이거나, 절반 정도 할인을 받는다. 내가 제주도에서 방문하는 곳은 대부분 도민이 그냥 들어갈 수 있는 관광지였다. 내 취향에 맞는 자연적인 관광지들은 다 무료였다. 만장굴도 그중 하나. 그런데 '산굼부리'라는 관광지가 있는데, 개인이 운영하는 곳이라 입장료

가 있었다. 만장굴과 같이 조천읍에 있는 곳인데, 한라산분화구인 백록담보다 더 깊고 더 넓은 신비의 분화구를 갖고 있다고 해서 찾았다. 천연기념물 제263호로 지정된 분화구라고 한다. 개인이 운영한다는 점이 독특하다.

 '굼부리'는 화산체의 분화구를 일컫는 제주말이라고 한다. 내가 이곳을 찾은 날은 날씨가 별로 좋지 않았다. 곧 비가 올듯했다. 제주도는 비가 오는 날이 많아서 맑은 날만 골라 외출한다면 나갈 수 있는 날이 드물다. 계절도 아직 봄이 오기 전이고, 비가 오려고 해서 그런지 이날 사람들이 거의 없었다. 느낌이 아주 좋은 곳이었

한라산 백록담보다 더 깊고 넓다는 산굼부리 분화구 모습.

다. 좋은 계절, 좋은 날에 가면 기가 막히게 아름다운 풍경이 기다
리는 곳. 다음에 다시 가보고 싶은 곳이다. 그래서 산굼부리 분화
구 사진은 맑은 날에 가서 다시 찍었다.

용머리해안도 참 여러 가지 이야기가 있다. 계절에 맞춰 이곳에
가면 산방산 유채꽃도 보고, 어릴 때 교과서에서나 보던 하멜표류
기념비도 직접 볼 수 있다. 또 하멜이 타고 왔다는 그 난파선도 재
현해놓았는데 멋지다. 바로 하멜상선전시관인데, 내가 처음 방문
했을 때는 코로나 19로 내부 관람이 금지되었다. 최근에 코로나 거
리두기가 해제되어서 다시 이곳을 방문하여 하멜상선전시관 내부
를 구경했다. 다양한 볼거리가 있었다.

하멜기념비.

1653년에 하멜이 타고 온 스페르웨르호를 재현해 놓은 모습. 내부는 '하멜상선전시관'이다.

특히, 인상 깊은 것은 네덜란드 암스테르담에서 건조되었고 스페르웨르호를 모델로 재현했다고 하는 이 배의 모습을 보는 것만으로도 뭔가 시간여행을 하는 상상력을 불러일으켰다. 그 옛날 1653년 조선 시대에 네덜란드 상인 하멜이 이곳 제주도 용머리해안에 표류해 왔고, 그 역사적 현장에 내가 직접 서 있다는 사실이 잠시 믿어지지 않을 만큼 신기했다.

1 포토존.

2 하멜 일행이 배 안에 있는
모습을 재현.

3 왼쪽부터 네덜란드어 사전,
하멜의 가계도, 하멜의 출
생 기록부.

바닷속으로 들어가는 용의 머리를 닮았다고 해서 '용머리해안'이라고 이름이 붙여졌다고 하는데, 실제로 맞은편에 자리한 산방산보문사에 올라가서 이곳을 내려다보니 과연 이름 그대로였다. 또 용머리해안에서 바라보는 산방산의 모습도 참 재밌는데, 〈어린 왕자〉에 나오는 '코끼리를 삼킨 보아뱀'이나 '모자'처럼 보이기 때문이다.

이렇게 용머리해안과 산방산은 마주보고 있는 형국인데, 용머리해안을 내려다볼 수 있는 산방산보문사도 볼거리가 많은 사찰이다. 용머리해안을 찾는 관광객들이 잊지 않고 들른다. 왜냐하면 이곳에 오르면 한눈에 용머리해안의 멋진 풍경이 들어오기 때문이다. 나도 한참동안이나 이곳에 서서 용머리해안을 바라보다가 내려왔다. 내게 영감을 많이 주는 또 하나의 공간으로 자리매김했다.

용머리해안에서 바라본 산방산의 모습. 〈어린 왕자〉에 나오는 '코끼리를 닮은 보아뱀'이나 '모자'처럼 보인다.

하멜기념비에서 내려가는 길. 용머리해안에 있는 하멜상선전시관이 보인다.

산방산보문사에서 볼 수 있는 불상의 모습.

PART
8

‘시작과 끝,
끝과 시작
그 순환의
고리를’
묻다

Intro ; '돌하르방에게 길을 묻다', 그 의미를 되새기다

　　　　　　　　　　　　이쯤에서 '돌하르방에게 길을 묻
다', 이 제목의 의미를 다시 한번 생각해 보자. 나는 사진이 잔뜩 들
어가는 이 책을 준비하면서 자연스럽게 카메라 공부를 시작했다.
디지털카메라를 공부하고 사진을 찍으면서 느끼는 건 사진이 철학
공부와 유사하다는 것이다. 플라톤의 원형과 모사 이론, 우리는 그
것을 디지털카메라에서도 배운다. DSLR 카메라는 거울이 있고,
그 미러를 통해서 반사된 피사체를 보게 되고, 결국 우리 눈으로
전달된다. 반면에 미러리스 카메라는 거울이 없이 바로 센스에 피
사체가 들어와서 원형에 더 가까운 모습을 볼 수 있다.

　여기서 우리는 플라톤의 원형 이론을 다시 한번 떠올린다. 인간

은 카메라를 통해서 자연의 원형을 모방하고 모사하는 작업을 계속해왔다. 얼마나 자연에 가까운 모습으로 모사하느냐, 그게 미러리스 카메라처럼 과학기술의 발전으로 더 정밀해졌다. 하지만 또 어도비의 라이트룸 같은 사진편집 프로그램을 통해서 색깔을 보정하고, 기술을 더해서 인간의 창의성을 자연의 원형에 반영한다.

자, 그렇다면 내가 오랫동안 품었던 질문을 다시 해보자. '과연 무엇이 더 가치가 있을까. 자연이냐, 아니면 인간의 기술이 가미된 인공적인 것이냐.' 오래 전의 숙제가 이제 그 해답을 드러낼 때가 됐다.

돌하르방도 그렇다. 돌하르방의 원형, 그것이 이제 서울에 2기, 제주에는 45기밖에 남아 있지 않다. 그렇지만 그 돌하르방의 원형을 넘어서 모사, 모방의 복제품이 수도 없이 많다.

원형과 모사, 무엇이 더 의미와 가치가 있을까. 이런 질문을 할 때, 제일 김이 빠지는 해답은 '둘 다 나름대로 의미와 가치가 있다' 식의 양시론(兩是論)이다.

오 랜 숙 제 에 대 한 답 을 제 주 에 서 얻 다

내가 초등학생일 때에는 학교에서 월요일마다 운동장 조회를 했다. 나는 운동장에서 친구들과 이야기를 나누며 조회가 시작되길 기다렸지만, 항상 질문에 빠져 있었다. '우리는 어디에서 와서 어디로 가는 것인가' 이 질문은 바로 내가 초등학교 고학년 때 운동장 조회시간부터 시작되었다. 그리고 고등학교 때 국민윤리 교과서에서 플라톤의 원형과 모사에 대해 알았고, 대학교 때 철학과에 가서 국가론을 배웠다.

항상 플라톤을 떠올리면 이 원형과 모사의 개념에 대해 계속 생각을 이어가게 된다. 우리 인간의 운명은 이 우주의 원형을 모사하는 과업을 수행하는 게 아닐까 하는 질문이 계속 떠오른다. 그러면서 자연이 해답일지, 인간의 인공적 기술이 해답일지, 그 답을 찾아 헤맸다. 이 문제가 내 사고체계의 커다란 숙제 중 하나였다. 그런데 생각할수록 '자연'이 원형이고, 인간이 그걸 모사하는 중이니까, 원형이 더 가치가 있지 않을까 하는 결론에 도달했다.

그러나 제주도에서 디지털카메라로 열심히 사진을 찍다 보니까, 다른 생각이 들었다. 사진을 찍을 때 자연의 원형을 살리려고 노력하고, 그 자연의 빛을 그대로 살리려고 노력한다. 하지만 사진을 찍고 난 이후에 인간이 만든 사진편집 프로그램에서, 인간이 만든 색감으로 또다시 인간의 창의성 있는 아이디어를 입히려는 노력도 더하고 있다. 때로는 자연 그대로의 모습보다 인공적인 필터를 통과한 색감이 더 아름다울 때도 많다.

또 제주도에 살면서 야생의 자연을 많이 체험하다 보면 인간의 기술이 첨가된 것이 더 아름답다는 결론에 이른다. 끝없이 펼쳐진 광활한 푸른 바다도 좋지만, 풍력발전을 위해서 세워놓은 거대한 하얀 풍차들이 있는 바닷가 풍경이 더 아름다워 보이는 건 나만 그런 걸까. 그냥 파란 바다만 보이는 풍경은 밋밋하다. 그렇지만 그 바다를 배경으로 인간의 기술이 들어간 거대한 풍차들이 태양 아래 빛날 때 장엄한 풍경을 연출한다. 위대한 인간의 그 구조물 앞에 서 있으면 왠지 숙연해진다. 슬프도록 아름답기 때문이다.

제주도 돌하르방 원형의 시작점과 끝점

제주도에 내려오기 전에는 '자연'이라는 원형이 인간이 만든 인공적인 도시의 건물보다 더 아름답다고 생각했다. 하지만 야생의 자연으로 충만한 제주도에서 역설적으로 나는 인간이 만든 기술의 아름다움을 깨달았다. 인간이 만든 건축물, 인간의 기술이 담긴 구조물, 인간의 기술력이 자연 그 자체보다 더 아름답다는 결론을 내렸다.

그래서 이제 만약 나에게 자연이냐, 인위적인 기술이냐를 선택하라면 나는 주저함 없이 인공미라고 답할 것이다. 좀 더 덧붙이자면, 나의 오랜 숙제에 대한 대답은 '자연에 가깝되, 인간의 창의성이 덧붙여진, 최종적으로 인위적인 것'이라고 대답하고 싶다. 이것이 나의 결론이다.

돌하르방에게 길을 물으면서 떠난 여정이 서서히 마무리 단계에 들어섰다. 제주도 돌하르방의 그 투박한 원형은 유일무이하기에 가치가 있다. 하지만 이 제주도 돌하르방이 어디에서부터 왔는가는 아직 정확하게 밝혀진 게 없다고 한다. 그동안 남방기원설, 북방기원설, 제주자생설 등이 다양하게 논의돼왔고, 최근에는 유라시아 대륙에 그 기원을 두고 있다는 주장도 있다고 한다.

그러나 제주도 돌하르방이 어디에서 왔든 그 고유의 색깔이 다시 덧입혀졌다는 것은 사실이다. 제주도만의 창조성이 깃든 것이다. 그래서 현존하는 제주도 돌하르방 원형 47기를 보면 똑같이 생기지 않고, 지역마다 그 크기와 생김새, 분위기가 다르다. 제주도의 돌하르방 원형은 어디에서부터 시작되었든 단순한 모사품이 아니라, 그 자체로 원형인 것이다.

이와 마찬가지로 현대에서도 돌하르방의 원형을 닮되, 인간의 창의성이 담긴 돌하르방은 새로운 원형을 창조한다. 하지만 원형을 그대로 베낀 모사품은 원형을 뛰어넘을 수 없다. 그리고 그 모사품은 무한히 생산할 수 있기에 원형의 가치는 도저히 따라잡을 수 없다. 그리하여 그 자체에 인간의 창조성이 들어간다면 '원형'이 된다.

제주돌문화공원 돌하르방 1기

'한자리에서
모두 만나다!'

제주돌문화공원

　　　　　　　　　제주도 돌하르방 원형들은 여기
저기 흩어져 있지만, 이 원형들 모습을 한자리에서 볼 방법도 있
다. 바로 제주돌문화공원에 가면 된다. 물론 돌하르방 원형과 똑같
이 생긴 모사품들이다. 제주돌문화공원에는 돌하르방 모사품뿐만
아니라, 돌하르방 원형도 1기가 있기에 나는 그곳으로 향했다.

　제주돌문화공원은 제주시 조천읍 남조로에 있다. 교래자연휴양
림 근처이다. 제주돌문화공원에는 돌하르방뿐만 아니라, 다양한
볼거리가 많다. 설문대할망과 오백 장군의 설화를 중심으로 돌의
조형물이 설치되어 있다. 이 전설에 따르면, 제주도를 만든 거인
여신 설문대할망에게는 500명의 아들이 있었다고 한다. 어느 날

제주돌문화공원에는 돌하르방 원형을 똑같이 닮은 모사품들이 한자리에 모여 있다.

설문대할망과 오백 장군의 설화를 형상화해놓은 조형물.

아들들에게 먹일 죽을 만들려고 백록담에 큰 솥단지를 걸어 놓고 죽을 끓였는데, 죽을 젓다가 그만 발을 헛디뎌 죽 속에 빠져서 죽고 말았다고 한다. 집으로 돌아온 아들들은 맛있게 그 죽을 먹기 시작했다. 그러다가 사람 뼈가 발견됐고, 그제야 자신들이 어머니를 먹어버렸다는 사실을 알고 울부짖다가 돌이 되었다고 한다. 너무나 끔찍하고도 슬픈 이야기지만, 한편으론 우리의 어머니들이 자식들을 위해 얼마나 희생해왔는지를 상징적으로 보여주는 이야기가 아닐까 싶다. 이 이야기를 알고 '어머니의 방'을 보면 마음이 어쩐지 더 아프다.

그런데 사실 제주돌문화공원에 도착하자마자 내가 맨 먼저 찾은 건 역시나 돌하르방 원형이었다. 매표소에서 입장권을 사면서 돌하르방 원형의 위치를 물었다. 100만 평이라는 그 넓은 공원에서 제일 먼저 만나고 싶은 것은 물론 돌하르방 원형이었기 때문이다.

두근거리는 마음으로 안내해준 장소로 발길을 옮겼다. 그러자 내가 이제까지 찾아다녔던 돌하르방 원형들이 일렬로 쭉 서 있는 장관이 먼저 눈에 들어왔다. 원형과 같은 세월의 흔적은 없었지만, 생긴 모양은 똑같았다. 좀 떨어진 옆에는 작은 무대처럼 보이는 곳에 따로 설치된 돌하르방 원형 1기가 보였다. 나는 반가운 마음을 안고 한걸음에 달려갔다. 카메라를 들이대고 한참 동안 셔터를 눌러댔다. 광활하게 느껴지는 들판 위에 고고하게 서 있는 돌하르방 원형은 한 그루 소나무처럼 보였다. 수많은 모사품 중에서 빛나는 원형의 가치가 그런 분위기를 자아냈나 보다.

제주돌문화공원에 있는 돌하르방 원형의 모습.

돌하르방 손 위치에 따른 여러 가지 이야기

돌하르방 원형 사진을 먼저 찍고 나서 그다음에는 모사품들이 잔뜩 서 있는 곳에서 또 한참 동안 사진을 찍었다. 원형을 촬영할 때처럼 하나, 하나 따로 찍기도 하고, 일렬로 서 있는 전체 풍경을 담기도 했다. 그러던 중에 어떤 아저씨 한 분이 지나가면서 나를 보고 말했다.

"거기 사진만 열심히 찍지 말고, 손의 위치를 좀 보세요. 오른손이 위로 간 돌하르방이 문관이고, 왼손이 위로 간 돌하르방이 무관이에요."

나는 그 이야기에 귀가 솔깃해졌다. 왜냐하면 처음 듣는 이야기였기 때문이다. 그래서 책에 정확하게 담으려고 아저씨에게 다시 물었다.

"그럼 그 손 위치가 돌하르방 기준에서 오른쪽이에요? 아니면 우리가 바라보는 위치에서 오른손인가요?"

이 질문에 유창하게 설명을 해주던 아저씨의 말문이 갑자기 잠시 닫혔다. 당황해하는 기색이 언뜻 보였다. 그러더니 곧 말을 이었다.

"아, 정확한 것은 한번 인터넷에서 검색해보세요."

이 말만을 남기고 아저씨는 황급히 걸음을 옮겼다. 나는 아저씨의 등에 대고 "고맙습니다!"를 외쳤다. 우연히 이렇게 새로운 정보를 얻게 되어서 제주 세계유산본부 역사문화재과에 전화를 했다. 아저씨 이야기대로 인터넷에 검색을 해보니, 여기저기 다 손의 기준점이 없고, 내용이 각각 달랐다. 그래서 정확한 답변을 들으려고 제주 세계유산본부 역사문화재과에 문의한 것이다. 그런데 답변이 또 반전이다. 이런 식으로 돌하르방 원형의 손 위치에 따라 무관과 문관으로 나누는 것이 그냥 떠도는 이야기일 뿐이고, 학술적으로 뒷받침된 자료는 없다고 한다. 그리고 무관과 문관뿐만 아니라, 손의 위치에 따라 여자와 남자로 나누는 이야기도 있다고 한다. 그럼 일단 이 풍문이 얼마나 그럴듯한지 인터넷에서 떠도는 이야기를 잠시 해보자.

돌하르방의 왼손이 위로 간 것이 무관이란다. 왼손으로 칼을 들고 싸우는 무관을 나타낸다고 한다. 또 왼손으로 활과 창을 잡는다고 하여 무관이라고 한다는 이야기도 있다. 어쨌든 왼손이 위로 올라간 돌하르방은 칼이나 활, 창을 잡는 무관을 뜻한다고 한다.

그 반면에, 오른손이 위로 간 돌하르방은 문관이라고 한다. 오른손으로 붓을 들고 글을 쓰는 사람을 나타낸다고 한다. 이때도 붓 대신에 책을 오른손으로 들고 읽는다고 해서 문관이라고 한다는 이야기도 있다.

이렇게 돌하르방의 손 위치에 따라 무관과 문관으로 나뉘는데,

마을 입구에 돌하르방을 세울 때 한쪽엔 문관 돌하르방, 다른 한쪽
엔 무관 돌하르방을 세웠다고 한다.

돌하르방 원형 손 위치의 의미에 관한 진실

여기까지가 인터넷에 떠도는 이야긴데, 엄밀하게 말하면 오른손
과 왼손의 구분이 무의미해진다. 내게 이 정보를 알려준 아저씨가
돌하르방의 손 위치 기준에 대한 질문에 답변을 확실하게 해주지
못했던 이유도 여기에 있다. 명확한 출처와 근거가 없기 때문이다.

제주 세계유산본부 역사문화재과 담당자님의 보충 설명에 따르
면, 문관과 무관 혹은 남녀로 나뉜다고 할 때 짝이 맞아야 하는데,
그렇지 않다는 것이다. 즉 현재 남아 있는 돌하르방 원형의 구성을
보면, 정의현 성읍의 12기 원형 중에서 오른손이 위로 간 원형이
3기, 왼손이 위로 간 원형이 9기이고, 대정현 성읍 12기 중에 오른
손이 위로 간 원형이 8기, 왼손이 위로 간 원형이 2기, 양손으로 합
장하는 원형이 2기가 있다고 한다. 또 제주읍성 돌하르방 원형
23기(총 24기 중 1기 소실) 중에 오른손이 위로 간 돌하르방이 12기,
왼손이 위로 간 돌하르방이 11기라고 한다.

만일 마을 입구에 짝으로 세워졌더라면 이 개수가 왼손, 오른손
이 짝으로 맞아야 하는데, 이처럼 전혀 맞지 않기에 이 풍문이 사

실이 아닐 확률이 높다는 것이다.

내게 돌하르방 손의 위치에 따른 귀띔을 해준 아저씨의 이야기가 그저 풍문에 불과했지만, 또 이렇게 돌하르방 손의 위치에 관해서도 관심을 두게 해준 인연이었다. 돌하르방의 원형을 찾아 나선 길에서 이렇게 오며 가며 스쳐 가는 인연들이 이 책을 쓰는 데 도움을 주었다.

또 일일이 내 질문에 상세한 답변을 해주신 제주 세계유산본부 담당자님에게도 이 자리를 빌려 감사를 드린다. 이참에 인터넷에 떠도는 근거 없는 이야기들이 제자리를 찾기 바란다. 결론적으로 말하자면, 돌하르방 손 위치는 왼손이 위로 가고, 오른손이 위로 가는 게 별 의미를 띠고 있는 게 아니라는 이야기다.

그냥 내 생각에는 그 당시 돌하르방 원형을 만든 창작자가 영감이 떠오르는 대로 손 위치를 두지 않았을까 싶다. 그리고 제주읍성 돌하르방 원형이 원래 24기이니까, 지금 남은 돌하르방 원형의 손 위치를 볼 때, 오른손이 위로 간 돌하르방이 12기, 왼손이 위로 간 돌하르방이 11기로 엇비슷하니까, 여기에서 후대 사람들이 유추해서 떠돌게 된 이야기가 아닐까. 그래서 '무관과 문관'이나 '여자와 남자'로 상상하지 않았을까 싶다. 어쨌든 문헌적으로 검증된 사실은 아니기에, 이렇게 짚어보고 가는 것도 의미가 있을 것이다.

돌하르방 원형과 똑같이 생긴 제주돌문화공원의 모사품들. 돌하르방은 손 위치가 왼손이 위로 간 것과 오른손이 위로 간 것이 있다. 이를 두고 후세 사람들이 설왕설래한다.

감성,
그곳!

남국사 · 이호테우해변 · 신풍신천바다목장 · 저지문화예술인
마을 · 이중섭문화거리 · 신창풍차해안도로 · 중문 쉬리 벤치

　　　　　　　　　　　　제주도를 떠올리면 우리의 감성
을 촉촉하게 적셔줄 곳이 많을 거라고 기대한다. 내가 제주도에
2년 동안 살면서 여기저기를 다녀보고 나서 몇 군데만 선택하라면
이곳들을 제일 먼저 추천해주고 싶다.

　먼저 제주시 아라일동에 있는 남국사이다. 공항과도 가깝다. 내
작업실과 멀지 않은 곳이라서 먼저 이야기를 꺼낸 것이고, 순서는
상관이 없다. 그러고 보면 제주도에는 마음에 드는 사찰이 많다.
남국사는 큰 기대감 없이 그냥 산책이나 할 겸 가벼운 마음으로 들
렀는데 너무 아름다웠다! 그리 크지 않은 절이었지만, 사찰로 들어
가는 길이 특별한 느낌이 있었다. 나중에 독립영화를 제작하는 것

남국사 입구의
산책로.

이 내 버킷리스트 중 하나인데, 그때 영화에 넣고 싶을 만큼 운치가 있는 풍경이었다. 제주도를 방문하면 꼭 한번 들러서 산책하거나, 사진을 찍으면 후회하지 않을 선택이 될 것이다.

항상 그런지는 잘 모르겠지만, 내가 간 날은 고요함이 넘쳐서 산책하기에 좋았다. 마음이 저절로 맑아지는 듯했다. 그리고 안으로 들어가면 사찰 뜰도 굉장히 아기자기하게 잘 꾸며져 있어서 소소하게 시간 보내기에 좋다. 계절에 맞춰 가면 탐스럽게 피어 있는 수국도 볼 수 있다.

또 절 안을 구경하노라면 계속 들려오는 소리가 있다. 불교의 가르침이 녹음되어 들려오는 말씀을 들으면 저절로 마음이 경건해진다. 나도 모르게 명상하는 기분이 된다. 처음에는 그냥 아무렇지 않다가도 하나하나 가슴에 스며들면서 자신도 모르게 지나간 삶들이 주마등처럼 스쳐 지나간다. 무엇보다도 풍경이 너무 아름답고 고즈넉해서 다시 찾고 싶은 곳이다.

이호테우해변도 내 작업실이 있던 애월읍 고내리와 가까운 제주시 이호일동에 있는데, 바로 제주국제공항 근처이다. 빨간색과 하얀색 말등대가 있는 이곳은 감성이 폭발하게 해준다. 말등대가 주는 그 아련한 느낌은 마음 한구석에 애잔함을 불러온다. 두 말등대가 마주 본다면 덜 외로워 보일 텐데, 한쪽을 바라보며 그 넓디넓은 바다에 우뚝 서 있는 모습이 애처로워 보이는 건 인간의 상상력

이호테우해변의
말등대가 있는 풍경과
항구 모습.

때문일까. 두 말등대가 같이 있지만, 바다를 사이에 두고 있어 더 슬퍼 보이는 것 같다.

이제 좀 공항에서 먼 곳으로 가보자. 신풍 신천 바다목장은 서귀포시 성산읍에 있다. 멀고도 먼 길을 간 보람이 있을 만큼 정말 그림같이 아름다운 풍경이었다. 물감을 풀어놓은 듯한 새파란 바다를 보면서 소들이 무심하게 풀을 뜯고 있다. 이 모습은 그림 액자 속에서 금방 튀어나온 것만 같고, 현실감이 느껴지지 않을 만큼 신비로웠다. 이곳은 제주도의 숨겨진 '풍경 맛집'과도 같은 곳이다. 많이 알려지지 않은 곳이라 비교적 한적하다. 제주도에서 다시 가고 싶은 곳을 다섯 손가락 안에서 이야기하라면 주저 없이 이곳을 말하고 싶다.

신풍 신천 바다목장에서 소들이 풀을 뜯는 풍경.

자 기 만 의   이 야 기 를   이 어 갈   수   있 는   곳

한편, 제주시 한경면에 있는 저지문화예술인마을은 인터넷에서 어떤 후기를 보니, 꽤 실망스럽다는 이야기가 있었다. 그래서 가볼까, 말까 망설이다가 시간도 많아서 한번 다녀왔다. 그런데 역시 여행은 사람마다 감성을 느끼는 지점이 달라서 직접 가서 확인해야 한다.

내가 저지문화예술인마을에서 받은 첫 느낌은 한 폭의 수채화처럼 투명하고 맑다는 거였다. 버스에서 내리자마자 나를 맞아주었던 이 마을의 분위기는 시공간을 초월해 현실이 아닌 장소에 있는 듯한 기분을 맛보게 했다. 버스정류장 맞은편에 있는 서담미술관에서 흘러나오는 감미로운 음악 때문일지 모른다. 정말 어떤 다른 소리도 실오라기만큼 섞이지 않는 고요함 속에서 가사가 섞이지 않는 음악이 계속 흐를 때 무엇을 떠올리는가. 평소답지 않게 나는 멈춰 서서 한동안 그 음악 소리에 귀를 기울였다. 그리고 나도 모르게 그 갤러리로 빨려 들어가듯이 걸어가서 그림들을 감상했다. 서담미술관은 입장료도 없다.

저지문화예술인마을에는 그 이름에 걸맞게 갤러리가 많다. 이 마을의 초입에 있는 김창열 미술관도 다녀왔는데, 여긴 저렴한 입장료가 있었다. 오랜만에 그림들을 감상하니, 영혼이 절로 정화되

저지문화예술인마을 버스정류장에서 내리면 바로 맞은편에 있는 서담미술관이 반겨준다.

는 듯했다. 서울에 처음 올라왔을 때는 미술관을 자주 다니며 감성
을 많이 풀어내곤 했다. 그런데 언젠가부터는 뜸해졌다가 코로나
로 더 갈 기회가 없었는데, 제주도에서 다시 그 감성을 만났다.

저지문화예술인마을이 갤러리가 많은 곳이라면 이중섭 문화거
리는 이름 그대로 이중섭이라는 천재 화가가 살았던 곳이고 그를
기리는 거리다. 서귀포 올레시장 바로 근처에 있다. 정방폭포에서

'이중섭 거주지'로 올라가는 계단.

이중섭미술관으로 가는 길에 '이중섭 거리'가 있다. 나는 버스에서 내려 여길 쭉 걸어갔다. 제주도에서는 걷는 일이 일상이다. 서울에서는 100m만 걸어도 너무 억울한 느낌인데, 제주에서는 1km 걷는 일도 반긴다. 일부러 걷는 일을 만든다. 걷는 게 오히려 힐링이 되니까 말이다.

이중섭 거리를 조금만 걸어 올라가면 서귀포매일올레시장 입구가 나온다. 서귀포매일올레시장 맞은편부터 이중섭거리가 시작되는 지점이다. 이 거리를 걸으면서 봄날의 산책을 즐겼다. 그리고 오며 가며 보이는 풍경들을 사진에 담았는데, 산책길에 하얀 고양이를 만났다. 하얀색의 동물은 어쩐지 신비로워 보인다. 어릴 때 동화책을 보면 꼭 이런 길에서 만나는 하얀 고양이는 말을 걸어온다. 하지만 이날은 사람들이 많이 다녀서인지 고양이는 내게 아무 말도 하지 않았다. 나는 인사를 건네는 대신에 사진을 찍어주었다. 비록 고양이에게 전달해줄 수는 없더라도.

이중섭 화가는 한국전쟁 때 제주도로 가족과 같이 피난을 와서 10개월 정도 살았다고 한다. 천재 화가로 불리는 이중섭이 살던 곳과 미술관을 이 거리에서 볼 수 있다. 이중섭이 자주 다녔다던 그의 산책로도 걸어볼 수 있다. 사진 찍기에도 예쁜 풍경이 많은 이곳은 한 번쯤 가볼 만하다.

나도 어떤 의미에서는 코로나 19로 제주도에 피난을 온 것이나

서귀포매일올레시장에서 길을 건너면 바로 이중섭 거리가 시작된다.

이중섭거리에서 만난 하얀 고양이.

이중섭 거주지.

다름없기에 동병상련을 느꼈다. 나는 2년을 제주도에서 머물렀으니, 이중섭 화가보다 두 배나 긴 시간을 머문 셈이다. 나 역시 제주살이했던 흔적으로 '돌하르방에게 길을 묻다'라는 이 책을 남길 수 있어 의미가 있다고 생각한다.

우리가 문학 작품이나 영화를 감상할 때 감정 이입을 하면 더 큰 감동이 밀려오듯이, 이런 여행지에서도 상상력을 발휘해보면 좋다. 여행할 때는 사람마다 느끼는 감성 포인트가 다르다. 그러기에 자기만의 이야기를 만들며 추억을 새기고 오면 된다.

영 화 속 주 인 공 처 럼 그 곳 에 서

제주시 한경면에 있는 신창풍차해안도로! 내가 제주도에서 가장 즐거웠던 곳이다. 이곳을 늘 차로 지나다니면서 신비로운 풍경에 꼭 가봐야지 했던 곳이다. 역시 인간의 손길이 닿아야 자연도 더 빛나는 법. 이곳은 풍력발전소에서 운영하는 대형 풍차들이 장관을 이루고 있다. 또 일몰 풍경은 그야말로 '핫스팟'으로 사진 촬영을 전문적으로 하러 오는 사람들도 많다. 전기바이크와 전기자전거 대여소도 있는데, 꼭 타야 한다.

전기바이크를 타고 대형 풍차가 있는 해안도로를 달리면 마치 영화 속 주인공이 된 듯하다. 또 이제껏 맛보지 못했던 짜릿하고 상쾌

한 기분을 맛볼 수 있다. 제주도에 다시 온다면 꼭 이곳만은 놓치지 않으리라! 단, 전기바이크를 탈 수 있는 사람은 운전면허증이 있는 사람이어야 하고, 자전거를 잘 탈 수 있는 사람이라야 한다. 아니면 위험할 수도 있으니, 낭만보다는 안전을 먼저 챙기길 바란다.

　내가 제주도에서 가장 사랑하는 장소는 바로 '쉬리의 언덕'이다. 그 유명한 한국 영화, 〈쉬리〉의 마지막 촬영지인 서귀포 중문의 '쉬리의 언덕'에 '쉬리의 벤치'가 있다. 이 '쉬리의 언덕'은 신라 호텔 산책길 쪽에 있는데, 숙박하지 않아도 가볼 수 있다. 〈쉬리〉 영화가 오래전에 개봉했는데도, 관광객들에게 많이 알려져서 사람들이 많이 찾는 곳이다.

쉬리의 벤치에서 내려다본 색달 해변.

 이곳에서 내려다본 색달해변은 내가 제주도에서 본 가장 '명품 전망'이었다. 하얀 요트들이 물살을 가르며 푸른 바다를 질주하는 모습은 환상적이다. 또 탁 트인 바다를 보는 기분은 비할 데가 없다. 내가 제주도에 정말 잘 왔다고 느끼는 최고의 순간이었다.

 이제 제주살이를 끝내고 떠난 다음에 다시 제주도를 방문할 일이 있으면 이곳에 꼭 숙박해야겠다는 생각이 들 만큼 마음에 들었다. 아마도 영화광이라고 할 만큼 수천 편의 영화를 보았던 내 기준에서 명품 영화 촬영지였던 이곳이 더 울림이 있었나 보다. 항상 사람마다 느끼는 감동의 폭과 그 지점은 다르니까 말이다.

쉬리의 언덕에 있는 '쉬리의 벤치'

신라 호텔 앞의 시계탑. 사진 찍기에 예쁜 풍경이다.

PART
9

'인생을
놀이로 즐기는
방법을'
묻다

Intro ; 제주도에서 니체를 생각하다

제주도에서 돌하르방에게 길을 물으면서 떠난 후, 나는 그동안 내 삶에서 풀지 못했던 질문에 대한 해답을 거의 다 얻었다. 나는 앞에서도 말했지만, 초등학교 고학년 때부터 늘 '나는 누구인가', '어떻게 살 것인가' 등의 존재론적 문제로 고민했다. 혹자는 어릴 때부터 왜 이리 정신적으로 조숙했는지 궁금해할 것이다. 돌이켜 보면, 내재적 존재의 한계 때문에 나는 더 스스로 내가 누구인지 알아야 했다. 처절하게 내가 누군지 알아야만 했기에 어릴 때부터 그런 질문에 매달렸나 보다.

그래서 나는 어릴 때부터 책을 많이 읽었고, 책 속에서 해답을 찾고자 했다. 아무도 내게 그 질문에 대답해줄 만한 사람이 없었기 때문이다. 중학교 1학년 때 읽었던 〈데미안〉을 통해 만났던 헤르만 헤세는 나의 첫 번째 안내자였고, 헤세를 통해 고등학교 1학년 때 〈차라투스트라는 이렇게 말했다〉를 읽었다. 이 책을 통해 더 잘 알게 된 니체는 내 인생의 최종 안내자가 되었다.

난 니체를 더 알기 위해서 철학을 전공했고, 〈차라투스트라는 이렇게 말했다〉에서 말하는 '초인'이 내 삶의 목표가 되었다. 사실 제주도에서 홀로 지내는 2년의 시간이 내게는 차라투스트라가 산으로 올라가 동굴에서 지내는 것과 비슷한 의미였다.

니체는 이 책에서 인간의 삶의 단계를 세 가지로 이야기한다. 첫 번째는 낙타의 삶이고, 두 번째는 사자의 삶, 세 번째는 어린아이의 삶이다. 낙타의 삶은 복종하는 인생이다. 낙타는 니체가 항상 비판해온 '노예 도덕'의 전형적인 예다. 그리고 사자의 삶은 저항하는 인생이다. 고정된 가치나 관습, 도덕이나 규범에 따르지 않고 기존의 틀을 깨뜨려버리면서 자유로운 삶을 추구한다. 낙타가 복종하는 삶이라면, 사자는 저항하는 삶이다.

제주살이가 '어린아이의 삶'으로 만들어주다

마지막으로 어린아이의 삶은 두려움이 없고 지금 이 순간에 집중하는 삶이다. 지나간 일은 쉽게 잊어버리고 늘 새롭게 시작하는 어린아이의 삶. 애써 쌓아 올리던 모래성이 무너져도 금방 잊어버리고 다시 새로운 놀이를 시작하는 게 바로 어린이의 순진무구함이다. 이 마지막 단계인 어린이의 삶은 인생을 놀이로 생각하고 그걸 즐긴다. 이 어린아이의 단계가 바로 니체의 초인사상의 핵심이다. 니체가 말하는 초인은 바로 '스스로를 극복한 자, 위버멘쉬(Übermensch)'를 말한다.

나는 니체를 만나고부터 항상 '초인'이 내 삶의 최종 목적지였다. 내가 궁극적으로 추구하는 것은 초인이었다. 스스로 극복한 자. 말이 쉽지, 실제로 이 경지에 이르는 건 쉬운 일이 아니다. 나는 낙타의 삶에서 사자의 삶으로는 빨리 진입했지만, 마지막 단계인 어린아이의 삶에는 늘 그 경계선에 머물렀다.

하지만 제주도에 와서 지낸 2년은 내가 어린아이의 삶에 도달할 수 있도록 했다. 항상 사자의 삶과 어린아이의 삶의 경계선에서 왔다 갔다 하곤 했는데, 제주살이가 나를 어린아이의 삶으로 이끌었다. 코로나19가 결정적인 계기로 작용하여 시작한 제주살이였기에 2년 동안 나는 철저하게 혼자 지냈다. 오래전에 주사 부작용으로 응급실에 실려 갔던 경험이 몇 차례 있어서 그동안 코로나 백신을 한 번도 접종하지 않았기 때문이다. 그래서 가능하면 혼자 지내야 했다. 그러자 저절로 나 자신을 돌아보는 시간이 주어졌다. 자기 자신에게 오롯이 집중하는 삶, 그건 일상이 명상하는 시간으로 변하는 마법을 부린다.

지금은 하늘나라로 간 친구가 예전에 했던 말이 있다. 나를 골방에 가둬놓고 글을 쓰게 하면 더 좋은 글이 나올 거라고. 이번에 준비한 이 책 〈돌하르방에게 길을 묻다〉는 저절로 그 친구의 말대로 되었다. 골방에 갇힌 것과 유사한 상태로 글을 쓴 셈이니까. 또 나 자신에게 1백 퍼센트 집중하는 삶은 돌하르방 원형을 찾아 나선 길에서 더 증폭되었다. 제주도 전역을 떠돌아다니면서 홀로 돌하르방 원형을 만나는 이 여행은 내가 사자의 삶에서 어린아이의 삶으로 넘어가는 기폭제가 되었다.

나는 2년 동안 제주도의 대자연 앞에서 나를 만났다. 늘 기존 관념과 틀을 깨뜨리는 데만 몰두해온 사자의 삶을 살았지만, 이제는 허물어진 모래성을 마음에서 털어버리고 새로운 인생 놀이에 몰두하는 어린아이의 삶을 살 수 있게 됐다.

타인의 시선을 뛰어넘는 '인생 놀이'

니체의 말처럼 인생을 그저 놀이로 즐기면서 사는 어린아이의 삶은 자유 그 자체이다. 사자의 삶은 기존의 가치에 저항하면서 자유를 추구하는 삶이지만, 어린아이는 그 경지를 뛰어넘어 자유를 추구하는 게 아니라, 존재가 곧 자유이다.

나는 제주살이를 하면서 글을 쓸 때 녹음하는 방식에 익숙해졌다. 내가 머문 2년 동안의 제주도는 코로나 19로 사람이 거의 눈에 띄지 않았다. 특히 제주살이 초기 시절에는 더 그랬다. 한적한 애월의 돌담길을 걷다 보면 저절로 영감이 떠오른다. 제주도에서 혼자 지내다 보니, 생각이 꼬리에 꼬리를 물면서 쓰고 싶은 말들이 계속 이어졌다.

그 생각을 잊어버리지 않으려고 영감이 머릿속을 파도처럼 지나가면 휴대폰을 꺼내 들고 녹음했다. 글감이 영감으로 떠오를 때 놓치지 않기 위해서는 녹음하는 수밖에 없다. 그걸 녹음해두었다가 나중에 풀어 쓰면 글을 쓸 때 많은 도움이 된다.

그런데 한번은 제주 시내 쪽 길을 걷다가 책에 담으면 괜찮을 문장이 떠올랐다. 그래서 그 생각을 남기려고 폰을 꺼내 들고 걸으면서 녹음을 하는데, 초등학교 3학년쯤으로 보이는 어떤 남자아이가 나를 쳐다보고 있었다. 혼자 걷고 있다고 생각했는데, 갑자기 타인의 시선이 느껴지자 쑥스러워져서 편한 마음으로 녹음을 계속할 수 없었다. 재빨리 녹음을 마무리하고 폰을 가방에 다시 넣고는 마치 아무 일도 없었다는 듯이 태연하게 길을 걸었다. 아이는 계속 같은 길을 가는지 나를 쳐다보며 따라오고 있었다.

이 아이는 그때 무슨 생각을 했을까. 폰을 들고 혼자 중얼거리고 있는 나를 보고 괴이하다고 느꼈을까. 아니면 왜 쳐다봤을까. 때로는 예술적 행위가 이해를 받지 못하면 기괴하거나 미친 사람으로 보일 때도 있다. 마치 말년의 니체처럼 말이다.

하지만 예술가는 그것을 뛰어넘어야 한다. 어린아이처럼 주변의 시선 따위는 신경을 쓰지 말아야 한다. 어떤 어린아이가 남의 시선 때문에 즐기던 놀이를 멈추던가.

나는 앞으로 놀이에 더 집중해야겠다고 다짐했다. 누가 좀 쳐다보면 어떠랴. 남들이 내 인생을 대신 살아줄 것도 아니고, 각자 인생이라는 놀이에 탐닉하면 그뿐인 것을.

무려 12기를
영접하다!

정의현

　　　　　　　　어느 날, 또 돌하르방의 원형을
찾으러 길을 떠났다. 이날은 제법 먼 길이었다. 애월읍에서 한참이
나 떨어진 서귀포시 표선면 성읍리에 있는 성읍민속마을이다. 성
읍민속마을은 제주도의 오랜 전통의 문화재와 풍경을 그대로 눈에
담을 수 있어서 그 자체로 볼거리가 많은 곳이다.

　마치 시간여행을 떠나온 듯한 기분으로 옛 흔적을 따라 걸을 수
있었다. 성읍마을은 조선 시대부터 5백여 년 동안 정의현(현재 성읍
리)의 중심이 되었던 유서 깊은 동네라고 한다. 바로 이 정의현 성
의 서문과 동문, 그리고 남문에 각각 4기씩 돌하르방 원형이 있다.
한 번에 이렇게 12기를 동시에 만나니까, 종합선물세트를 받은 기

분이었다. 무려 12기나 영접하다니!

성읍민속마을에는 이전에도 한두 번 다녀온 적이 있지만, '아는 만큼 보인다'고 그 둘레를 다 둘러보고 사진도 찍었는데, 돌하르방 원형을 그냥 지나쳤다. 그때는 이 책을 준비하려고 마음먹지 않은 제주살이 초기 시절이다. 나중에 그때 찍었던 사진을 확인해보니, 세상에나! 그 풍경들 속에 돌하르방 원형의 모습이 일부 잘려져서 촬영돼 있었다. 꽤 충격적이었다. 역시 사람은 자기가 관심이 있는 것만 눈에 보이는구나, 보물이 있어도 알지 못하면 눈앞에 버젓이 보여도 그냥 지나치는구나, 하는 사실을 다시 확인했다.

제주도는 원래 탐라국이었고, 지금도 탐라국이다

2년 동안 제주살이를 하면서 여기저기를 돌아다녀 보면, 제주도를 그냥 마음 편하게 예쁜 카페들이 많고, 맛집이 널렸고, 풍광이 아름다운 관광지로만 보면 안 되겠다는 생각이 들었다. 그건 그저 제주도의 겉모습일 뿐이다. 제주도의 본모습, 원형을 봐야 진짜 제주도를 아는 것이다. 제주도의 역사나 문화재 등 옛 자취를 돌아봐야 그 원형의 모습을 마주할 수 있다.

이렇게 표현하면 좀 이상할지 모르나, 제주도는 사실 한반도와 오랫동안 '별로 상관없이' 역사를 이어왔다. 적어도 12세기에 고려의 지방 행정구역으로 편입되기 전까지는 말이다. 제주도는 그저 탐라국으로서 독립 국가였다. 이후에 조선 시대 초기에야 비로소 완전히 한반도와 같은 나라가 되었다.

그동안 고려 말 때 몽고에 항쟁하기 위해 삼별초가 제주도에 내려와 저항했던 역사가 있고, 일제강점기를 지나, 4.3 사건도 거쳤다. 이렇게 역사적으로 아주 큰 사건만 나열해서 이 정도이고, 역사 속에서 탐라국은 바다 건너 '아무 상관이 없었을 뻔했던' 한반도의 영향으로 부침을 많이 겪었다. 사실 제주도는 오늘날에도 '특별자치도'의 지위를 유지하듯이 아무래도 한반도와는 분명히 구별되는 특별한 지역이기는 하다.

그래서 제주도가 이제까지 겪어온 역사적 발자취를 알면 그저 아름다운 섬이라고만 이야기할 수 없다. 우리는 항상 현상만 보고 진실을 안다고 생각한다. 하지만 눈에 보이는 게 전부가 아니다. 현상 너머 본질을 봐야 한다. 그 본질이 바로 플라톤이 말한 '원형'과도 같은 맥락의 말이다. '본질과 현상'은 곧 '원형과 모사'라는 말로 바꿀 수 있다.

이렇게 원형에 대해 말하다 보니, 갑자기 생각나는 일이 있다. 최근에 인터넷을 검색하다가 어느 유명 방송국 아나운서가 어떤 책을 소개해놓은 글을 읽었다. 본인도 책을 많이 읽은 지인이 소개를 해줘 읽었다면서 자라나는 학생들이 보면 좋다는 내용이었다. 나는 그 글을 보고 10여 년도 훨씬 지난 일이 떠올랐다. 그때도 유명 방송국의 유명 아나운서였다. 그때는 심지어 연예인급에 해당하는 유명 아나운서가 학생들에게 소개하면 좋다고 어떤 책을 직접 추천해주는 글을 신문 기사에까지 올렸다.

그런데 진실을 말하자면, 이들이 추천한 책들은 모두 다 다른 책들의 내용을 짜깁기한 책이다. 현상만 보고 본질을 못 본 셈이다. 많은 사람에게 영향을 줄 수 있는 유명인이라면 자신이 추천하는 책에 책임감을 느껴야 하지 않을까.

'원형 감별사'라도 있어야 할 듯

우리 사회는 원형을 감별하는 능력이 너무 퇴화해 있으며, 원형에 대한 존중감이 없다. 사실 책을 짜깁기하는 건 '범죄 행위'이다. 그것도 출처를 밝히지 않으면서 자기 글인 것처럼 쓰는 건 완전히 '도둑질'이다. 그런데도 버젓이 그런 파렴치한 행위들이 아무렇지 않게 이루어지고, 또 그런 책들이 대중의 인기를 얻고, 더 나아가 아나운서 같은 영향력이 있는 사람들이 추천까지 한다. 도대체 자기들이 무슨 짓을 하고 있는지는 알기나 할까. 그 '도둑질'에 공범이 되어가고 있다는 사실을 말이다.

'원형 감별사'라도 있어야 하지 않나 하는 생각까지 든다. 뭐가 됐든, 공공연히 만연해 있는 이 '도둑질'에 경고등을 울려야 한다. 그러기 위해선 '원형'에 대한 인식을 새롭게 해야 하고, 무형적인 '도둑질'에도 다들 두 눈을 부릅뜨고 지켜봐야 한다.

특히 영향력이 있는 사람들은 함부로 이 도둑질한 책을 추천하는 잘못을 저지르지 말아야 한다. 심지어 추천하는 근거로서 '책을 많이 읽는 지인이 추천해서'라니, 정말 안타까운 일이다. 단순히 책을 많이 읽는다고 그 사람 평이 다 옳은 게 아니라는 걸 왜 모를까. 양적으로 독서량이 많다고 해서 그 사람의 독서력이 질적으로 뛰어나다는 보장은 없다. 스스로 판단하고 감별하고 나서 다수의 사람에게 추천하는 게 순서이고 도리다.

조금만 꼼꼼하게 읽어보면 다른 책들에서 거의 다 가져온 예쁜 문장으로만 가득 차 있다는 것을 평범한 독서가들도 알 수 있다. 진정한 독서가는 책을 읽으면 다른 책의 내용을 훔쳐왔다는 것 정도쯤은 안다. 책의 원형을 감별할 능력이 없다면 하다못해 그 책의 서평 댓글이라도 잘 챙겨서 읽어보라. 다수의 칭찬 일색에서도 진실을 이야기하는 날카로운 비평이 꼭꼭 숨어있는 걸 찾을 수 있을 테니까.

제주도의 돌하르방 원형을 찾아다니면서 '책의 원형'에 대한 생각도 깊어졌다. 제주도에는 동네마다, 심지어 가정집 앞뜰에도, 식당에도, 관공서에도, 호텔에도 어디서나 돌하르방을 볼 수 있다.

〈정의현 성곽(성읍) 남문〉

정의현 성곽(성읍) 남문 돌하르방

〈정의현 성곽(성읍) 동문〉

정의현 성곽(성읍) 동문 돌하르방

〈정의현 성곽(성읍) 서문〉

정의현 성곽(성읍) 서문 돌하르방

하지만 제주도 돌하르방 원형은 이 세상에 딱 47기뿐이고, 그나마 2기는 앞에서도 말했지만, 서울에 있다. 아마 이 돌하르방 원형이 존재한다는 사실을 안다면 누구나 그 복제품보다는 원형에 더 가치를 둘 것이다. 그리고 책도 마찬가지다. 다른 책들을 짜깁기하거나, 유명한 책들을 그저 모방한 것에 불과하다면 그 사실을 아는 어느 독자든 외면할 것이다. '원형을 감별한다'는 건 '진실을 찾는다'는 의미와 같다.

성읍서문로 풍경.

성읍민속마을 곳곳에서 만날 수 있는 돌하르방 모사품들. 일반 가정집의 장독대에도 돌하르방이 있다.

그 섬에
가고 싶다

우도 · 마라도 · 가파도

제주도를 여행할 때 관광객들은 보통 동서남북으로 일정을 나눠서 유명한 곳을 묶어 방문한다. 그래야 이동 거리가 가까워서 효율적인 시간 관리가 되기 때문이다. 나는 처음 제주도에 내려왔을 때 이 방향 감각이 없었다. 도대체 어디가 북쪽이고, 남쪽인지, 또 서쪽이고, 동쪽인지. 내가 문과 출신이라서 그런지, 아니면 원래 방향 감각이 없는 건지, 아니면 제주도가 생전 처음이라서 그런지 내겐 어려운 문제였다. 일단 내가 사는 애월읍이 제주도의 어느 쪽인지도 잘 몰랐다.

그런데 앞에서도 언급했지만, 커다란 제주도 지도를 거실 벽에 붙여 놓고 매일 들여다보니 감이 잡혔다. 일단 공항이 북쪽, 남쪽은 서귀포, 내가 사는 애월이 서쪽, 해가 뜨는 성산 일출봉 쪽이 동쪽. 이렇게 정리하면 간단하게 머릿속에 개념이 자리를 잡았다. 그리고 그때부터 제주도가 내 의식 속에 입체적으로 떠올랐다.

나는 이런 식으로 생각의 꼭짓점을 잡아놓지 않으면 늘 기억에 남지 않는다. 논리적으로 연결지어서 전체를 그려 보아야만 머리에 남고, 그냥 암기만 하면 다 날아가는 편이다. 어떤 정보를 구조적으로 이해하고 나서 내 머리에 이식이 되지 않으면 내 뇌는 그 정보를 받아들이지 못하고 다 튕겨버리나 보다. 그래서 처음에는 내가 사는 애월이 제주도의 서부 지역이라는 사실을 자꾸 잊어버렸다.

제주도에 딸린 섬의 위치도 마찬가지였다. 내 머릿속에 정리되어 있지 않았다. 우도, 마라도, 가파도, 이름은 많이 들어봤지만, 어디에 붙어 있는지 알 수 없었다. 그런데 직접 가보니까 그대로 기억에 남았다. 역시 '체험 학습'이 중요하다. 제주도에서 살기 전에는 막연하게 그냥 같은 항구로 가서 배를 타고 가면 우도도 갈 수 있고, 마라도도 가고, 가파도도 갈 수 있는 줄 알았다. 하지만 실제로 제주도에서 살아 보니까 항구가 여러 개이고, 섬마다 가는 항구가 달랐다. 그게 바로 어느 방향에 그 섬이 붙어 있느냐에 따라 가까운 항구에서 타는 거였다. 그래서 또 한 번 이 제주도의 '방향'을 이야기해본 것이다.

'제 주 도 의　　 축 소 판 ',　　 우 도

　제주도에 살면서 제일 먼저 가본 섬은 바로 우도. 워낙 지인들로 부터 우도가 아름답다는 이야기를 많이 들어서다. "제주도에 가면 반드시 우도는 가보세요"부터 시작해서 "우도가 제일 예뻐요!" 그리고 "우도를 보고 깜짝 놀랐지 뭐예요! 너무 아름다워서요." 우도에 대한 이런 찬사를 귀에 못이 박히도록 들어왔다. 그래서 제주도를 이야기할 때면 늘 빠지지 않고 등장하는 우도의 정체가 너무 궁금했다. 도대체 어떤 섬이길래 사람들이 '환장'을 할까 싶어서. 그래서 제주도에서 처음 맞이하는 어느 봄날에 우도를 찾았다. 우도는 성산 일출봉과 가까운 동쪽에 있다. 그래서 성산항에서 배를 탔다.

　먼저 우도를 본 소감부터 말하자면, 나의 감성이 죽어버렸는지 별 감흥을 느끼지 못했다는 것이다. 그냥 또 다른 제주도를 본 느낌이었다. 더 정확하게 표현하자면, '제주도의 축소판' 정도 된다고 할까. 내가 우도를 방문한 때가 제주도에서 1년 정도 살고 난 이후였다. 2020년 9월 초에 내려와서 그다음 해 5월 말쯤 갔으니 약 9개월이 지난 시점이다. 그러니 제주도를 충분히 감상하고 난 이후라서 그런지 내 눈에는 우도가 그냥 제주도였다. 내 작업실과 가까운 협재해변이나 한림해변에서 흔히 볼 수 있는 그 에메랄드빛

우도에서 말이 풀을 뜯는 풍경.

우도의 작은 언덕이 보이는 풍경.

우도에서 제일 인기 있는 포토존.

우도의 흔한 바다 풍경.

바다가 있고, 나지막한 언덕이 있고, 다 똑같아 보였다.

제주도 풍경에 너무 익숙해져서 그런 걸까. 내겐 그리 특별할 게 없었다. 만일 내가 그냥 관광객으로 제주도 풍경에 많이 노출이 안 되고, 오랜만에 와서 우도를 처음 방문했다면 나도 호들갑을 떨면서 "와, 어떻게 이토록 멋진 풍경이 있을 수 있을까!"를 연발했을지도 모른다. 하지만 나는 그냥 '아하, 우도는 제주도의 축소판이구나, 그냥 우도만 보면 제주도를 다 보는 거네'라는 생각뿐이었다.

다만, 우도에서 앙증맞은 전기차를 대여해서 섬 한 바퀴를 돌아보는 일은 신이 났다. 우도 구석구석을 빠르게 여행하는 좋은 방법이었다. 물론 걸어서도 돌아다닐 수 있을 만큼 그리 넓지는 않았지만, 속도감 있게 섬 가장자리로 난 길을 달리는 건 놓쳐서는 안 될 멋진 순간이었다. 그리고 여행은 누구와 하느냐도 중요하다. 사랑하는 사람과 함께라면 모든 섬이 다 아름다울 것이다. '그 섬에 가고 싶다, 우도.' 단, 사랑하는 사람과 함께라면, 이런 단서를 붙인다면 다시 가고 싶다.

마라도에서 흔히 볼 수 있는 바다 풍경.

마라도를 오가는 여객선.

"짜장면 시키신 분!"의 마라도와 그 단짝 가파도

일단 우도에서 기대했던 짜릿한 쾌감을 못 느껴서 더는 제주도의 섬에 대해 별로 기대를 하지 않았다. 나도 모르게 멋진 풍경에도 무덤덤한 제주도 도민 감성이 되자, 마라도, 가파도에 대해서도 기대감 없이 배에 올랐다. 그래도 나는 우리나라의 최남단에 자리한 상징성이 있는 마라도는 다녀오고 싶었다. 그 유명한 CF처럼 "짜장면 시키신 분!"이라고 한 번쯤 외치고 싶기도 했다.

그래, 마라도는 짜장면을 먹으러 가는 거다. 마라도는 올해 2월 초쯤 다녀왔다. 우도를 다녀오고 또 꽤 시간이 흘러서다. 아마도 우도에서 특별한 감흥을 못 느껴서 그런가 보다.

마라도나 가파도를 갈 때 기다리는 운진항 선착장.

마라도에서 먹었던 짜장면.

마라도에 내려서 일단 처음으로 만난 짜장면집에서 짬뽕을 먹었다. 그리고 한 바퀴 돌고 와서 짜장면을 먹었다. 짬뽕도 유명하고 해서 둘 다 맛을 보고 싶었기 때문이다. 다시 올 것 같지는 않아서 하루에 다 먹어봐야 했다. 마라도는 우도보다 훨씬 크기가 작은 섬이었다. 그리고 역시 그냥 섬이었다. 오로지 짜장면만 있을 뿐이었다. 내 기억에는 그렇다. 그저 혼자 이렇게 생각했다.

'섬이 다 그렇지 뭐.'

제주도에서 살다 보면, 그냥 늘 일상처럼 보는 게 바다 풍경이다. 똑같았다.

마라도에 있는 사찰의 모습이다. 국토최남단관음성지 기원정사.

마라도에서 본 풍경.

가파도의 청보리밭. 가뭄이라서 새파랗지 않고 노란 색이 많이 보인다.

한편, 가파도도 올해 3월 초쯤 다녀왔다. 가파도는 이맘때쯤 청보리밭이 유명하다고 해서 갔는데, 가파도와 마라도는 배 타는 곳이 같다. 제주도 남쪽의 모슬포항과 운진항, 두 항구에서 모두 갈수 있다. 그리고 이 두 항구는 거리도 굉장히 가깝다. 그런데 섬으로 들어가는 배의 횟수가 더 많아서 주로 운진항을 많이 이용하는 편이다.

가파도에 도착해서 맨 먼저 청보리밭부터 찾았다. 하지만 아쉽게도 올해는 청보리밭이 제대로 그 초록빛을 보여주지 못한다고 했다. 가파도 주민분들이 이야기해주셨다. 올해는 비가 잘 오지 않아서 청보리밭이 노랗게 되어버렸단다. 내년에 다시 와야 제대로 된 청보리밭 풍경을 볼 수 있다고 했다. 그래도 기념으로 그나마 연녹색의 보리밭 풍경을 촬영했다. 다시 이곳에 올지는 알 수 없었으니까.

가파도에서는 자전거를 빌려주는 곳이 있다. 전기자전거가 아니고, 그냥 페달을 밟아야 가는 일반 자전거였다. 가파도 해안가 도로는 자전거 타기에 좋게 평지에 가까웠다. 내가 사는 애월해안도로는 경사가 많아서 자전거를 타려면 가파른 오르막일 때는 내려서 끌고 가야 하는 불편함이 있는데, 가파도에선 신나게 자전거를 탈 수 있었다. 물론 가파도도 골목으로 들어가면 제주도가 다 그렇

가파도에서 대여한 자전거. 이 자전거로 가파도를 몇 바퀴 돌았다.

맑은 날이면 가파도에서 제주도에 있는 6개의 산을 다 볼 수 있는 장소.
사진 찍는 곳으로도 유명하다.

듯이 언덕길이 나와서 기어가 달려 있지 않은 일반 자전거로는 그냥 올라가기 힘겹다. 그래서 가파도에서는 해안도로만 쭉 달렸다. 이렇게 하면 가파도를 크게 한 바퀴 돌게 된다.

자전거를 실컷 타면서 몇 바퀴 돌다가 자전거를 반납하고 본격적으로 사진을 찍었다. 가파도에는 사진을 찍을 수 있는 예쁜 곳이 가끔 있어서 색깔 배합이 잘되어 좋았다. 그리고 날씨가 좋을 때는 제주도에 있는 산이 가파도에서 다 보인단다. 제주도에는 오름이나 봉이 아닌 산이 모두 7개라고 한다. 그중 가파도에서는 영주산을 제외한 한라산, 산방산, 송악산, 군산, 고근산, 단산 등 6개의 산을 다 볼 수 있다고 한다.

가파도는 으레 마라도와 짝으로 여겨지나 보다. 관광객들이 마라도를 다녀오고 나면 으레 그다음에는 가파도를 방문하니까 말이다. 물론 나도 그랬다. 가파도는 마라도보다 제주도와 더 가까워서 그런지 배 요금도 마라도보다 훨씬 저렴했다. 나는 제주도민이라 할인도 받아서 왕복 요금을 해봐야 겨우 커피 한두 잔 정도 값이었다. 제주도에서 살면 도민 할인은 역시 유용하다. 할인을 받을 때마다 제주도민으로서 소속감이 느껴졌다. 제주도 주소지가 적힌 주민등록증을 꺼내 보일 때마다 내가 제주도민이라는 게 새삼 기억이 났기 때문이다. 2년 동안 제주도민이라서 행복했다.

'나의 원형을
만나는 방법을'
묻다

Intro ; '섬'에서 이중적 감정을 느끼다

제주도는 섬이다. 누구나 다 아는 사실이지만, 이렇게 한 번 더 강조하는 것은 처음 제주도에 와서 느낀 감정 때문이다. 제주도 이외의 섬에서는 한 번도 살아보지 않아서 모든 섬이 그런지는 잘 모르겠지만, 일단 제주도에서 살아보니 '섬'이 주는 감정은 묘하다. 제주도에서 처음 살기 시작했을 때, 뭔가 '단절'되고 '고립'된 느낌이 부여해주는 기묘한 안정감이 있었다.

그 당시 한창 육지에서는 코로나 19 확진자 수가 매일 기록을 깨고 있었다. 코로나 19에 대한 공포로 아파트 밖을 나가는 것조차 꺼려지는 때였다.

딱 그맘때 제주도로 내려오니, 일단 안도감부터 들었다. 많은 사람이 사는 아파트도 아니고, 애월의 한가로운 어촌에 자리를 잡다 보니, 같은 엘리베이터를 타는 사람도 없었다. 가끔 나갈 때는 늘 혼자 사용하는 엘리베이터처럼 느껴졌다. 그 정도로 사람을 마주친 적이 없었다.

동네에 나가도 길을 걸을 때 거의 사람이 없었다. 한창 코로나19로 전국이 공포에 시달리던 시절이었기에 관광객도 보이지 않았다. 이렇게 완전히 육지와 동떨어져 있다는 그 고립된 느낌이 정말 안정감을 주었다.

섬이라서 일찍 해가 지고 어둠이 찾아오는데, 그 고요함마저 정겨웠다. 그리고 내가 제주도에 내려와서 처음 맞이한 겨울에는 도로에 가로등도 도시처럼 많이 없었다. 그나마 있어도 환하지 않아서 정말 캄캄한 장막이 세상을 덮어버리는 것 같았다. 그래도 그 적막함이 좋았다. 세상과 내가 단절된 느낌은 포근한 만족감을 주었다. 도시에서 나를 신경쓰게 했던 모든 심란한 일에서 탈출한 듯한 기분이었다. 마치 세상은 폭탄이 터지고, 아수라장이 되어도 여기만은 언제까지나 이렇게 고요할 것만 같았다.

그 고요함이 주는 마음의 평화, 그리고 평안함은 태어나서 단 한 번도 느껴본 적이 없는 아늑함이었다. 어린시절에 안겼던 엄마 품 같기도 하고, 세상에 단 하나밖에 없는 낙원에 온 것과도 같은 기

분이었다. 또한 언제까지나 이런 기분 속에서 평화로운 나날들이
펼쳐질 것만 같았다.

'어떻게 사랑이 변하니?', '응, 마음은 변하는 거야!'

언제까지나 계속될 줄 알았다. 섬이 주는 단절감과 고립감이 영
원히 아늑하고 포근한 보금자리의 느낌을 유지할 줄 알았다. 마치
새 둥지에서처럼 잘 보호되고 있다는 느낌, 그런 느낌이었던 고립
감과 단절감은 1년여 시간이 흐르자, 완전히 그 색깔이 달라졌다.
'어떻게 사랑이 변하니?' 어느 유명한 영화 대사처럼, 사람 마음이
라는 게 정말 변하는 건가 보다. 첫마음이라는 게 언제까지나 계속
될 수는 없나 보다. 적어도 제주도에선 그랬다.

육지에서 살 때는 비가 오나, 눈이 오나, 바람이 부나, 다른 도시
로 가는 약속에 언제나 자신이 있었다. 나만 약속을 지킬 의지만
있으면 되었다. 그냥 차를 타고 가면 되었다. 아니면 기차라도 타
고 가면 되었다. 그러나 제주도에서는 육지에 꼭 가야 할 일이 생
겼을 때 그 스케줄을 100% 지킬 자신이 항상 없었다. 만일 날씨가
갑자기 험해지면 비행기가 뜨지 않아서 약속 시간을 지킬 수 없다
는 현실적 한계 때문이었다.

늘 있는 일은 아니지만, 그래도 살아가면서 강연회처럼 반드시

제시간에 가야 하는 일이 있다. 내가 강사로 가는 그런 자리에 자칫 참석을 못하는 불상사가 어쩔 수 없이 일어날 수 있다. 기상악화로 비행기가 뜨지 못하면 말이다.

이런 현실적 문제를 떠나서 제주도에 계속 머무르면서 나의 만족도는 차츰 낮아졌다. '섬'이 주는 포근함과 안정감이 느껴지는 고립감은 그냥 문자 그대로 '고립감'으로 다가왔다. 낭만과 감성이라는 포장지가 뜯어지자, 고립감의 본질이 그 실체를 드러내며 다가온 것이다.

그건 제주도에서 지진을 겪고 나서 더 현실감 있게 다가왔다. 지난해 12월쯤이었을 거다. 오후쯤인가, 정확한 시간대는 기억이 잘나지 않지만 침대에 누워서 TV를 보며 쉬고 있었다. 그때 내가 누워 있던 침대가 안마의자처럼 막 움직이는 것 같았다. 내가 잠시낮잠을 자다가 꿈을 꾸는 게 아닌가 싶을 정도로 진동을 많이 느꼈다.

정말 안마 의자에 누워 있는 것처럼 내 몸에 진동 마사지의 자극이 느껴져서 깜짝 놀라 후다닥 일어났다. 그 순간, 휴대폰에서 긴급재난 문자의 경고음이 공포스럽게 울렸다. 바로 지진 문자였다. 꿈이 아니었다. 너무 놀라서 심장이 벌렁거렸다. 지진의 느낌을 거의 경험하지 못한 채 살다가, 처음 겪는 놀라운 체험의 현장이었다.

'섬에서 산다는 것의 의미', 그 이중성의 아이러니

한참 후에 마음이 진정되고, 더 이상 진동도 없자 다시 일상으로 돌아왔다. 그러나 '섬에서 산다는 것의 의미'에 대해 더 깊게 생각해 보기 시작했다. 만일 지진이 일어나고, 해일이 일어난다면 나는 어디로 피신을 해야 하는 걸까. 물론 동네마다 피난 시설은 있었다. 내가 사는 애월에도 바로 집 근처에 해일이 일어났을 때를 대비해 안내해놓은 피난처 약도 표지판을 오며가며 봤던 기억이 났다.

나는 작가적 상상력으로 생각을 더 이어갔다. 만일 지진이나 해일보다 더한 사건이 일어난다면 나는 어디로 도망을 가야 하는 걸까. 그리고 만일 이 섬이 고립된다면 어떻게 될까. 전쟁이라도 난다면 물자가 끊겨서 이 섬 안에 갇힐 텐데, 그럼 평소에도 물자가 육지에서 넘어올 때 택배비도 많이 붙고 하는데 위급상황일 때는 물자 구하기가 정말 하늘에 별 따기가 아닐까.

꼬리에 꼬리를 물고 여러 가지 상상이 날개를 달았다. 최악의 상황만 떠올랐다. 처음으로 지진의 진동을 몸으로 직접 느꼈던 충격이 꽤 컸나 보다. 한편으로는 지진이 일상이 되어버린 일본에서도 다들 잘 살아가는데 뭘 그리 겁을 먹나 하는 생각도 들었다. 하지만 나는 섬이냐, 육지냐를 내가 생활터전으로 선택할 수 있는데, 굳이 섬에서 계속 살아야 할 이유는 없을 것 같았다. 그래서 섬이

라는 특수한 환경에서 오는 심리적 압박감과 위기의식이 더 깊어졌다.

이렇게 제주도에서 내가 느꼈던 감정은 처음과 끝이 달랐다. 제주도의 자연이 너무 아름답고 좋지만, 또 역설적으로 그 야생에서 오는 척박함이랄까. 그리고 제주도라는 섬이 주는 고립감에서 처음엔 안정감을 느꼈지만, 끝에는 위기감으로 변하더라는 것. 처음과 끝이 달랐다. 그러나 제주도를 정말 떠날 시점이 다가오고부터는 다시 처음의 감정으로 돌아가는 듯했다. '끝과 시작'이 이어지고 있었다.

'우리 동네 돌하르방'

대정현

제주도의 돌하르방 원형 47기 중에서 유일하게 손의 모양이 합장 형태로 2기가 있는 곳은 바로 대정현 성문 앞 돌하르방이다. 이곳 돌하르방 원형 12기 중 2기는 제주시나 정의현 돌하르방과 다르게 양손을 모으고 합장하는 듯한 손 모양이 특이하다. 제주도의 돌하르방 원형은 보통 손 위치가 오른손이 위로 올라가거나, 왼손이 올라가거나 하는데, 대정현 돌하르방만 변칙이 나타난다.

대정현 돌하르방 원형을 찾아갔던 날이 기억난다. 대정현의 성문을 지키는 돌하르방 원형을 만나기 위해서는 서귀포시 대정읍까지 가야 한다. 그런데 사실 앞의 5파트 중 '역사가 숨쉬는 곳'에서 제주국립박물관을 소개하며 추사 김정희 선생의 세한도 이야기를 한 적이 있다. 거기서 추사 유배지 이야기도 했는데, 바로 이 대정현 돌하르방 원형이 있는 이곳 바로 옆에 추사 유배지 터가 남아 있다. 추사관도 근처에 있기에, 대정현을 방문하면 돌하르방 원형도 볼 수 있고, 볼만한 유적지가 많다.

대정현 성의 동문에서 한참 돌하르방 원형 사진을 촬영하고 있으려니, 동네 주민분이 지나가면서 말을 걸었다.

"여기 우리 동네 돌하르방이 정말 오래된 거예요. 아주 옛날부터 있었던 것이지요."

물론 말투는 제주도 말씨였지만, 편의상 가공했다는 것을 밝혀둔다. 제주도 토박이로 보이는 주민분은 얼굴에 큰 웃음을 띄우면서 자부심을 느끼며 내게 설명해주셨다. 나는 돌하르방 원형의 위치에 대해 궁금해하던 차에 물어봤다. 이 당시에 앞에서 이야기했던 제주국제공항에 있던 돌하르방을 찾지 못해서 숙제로 남겨진 때였다.

"아저씨, 그럼 혹시 제주국제공항에 있다는 돌하르방 원형이 어디쯤 있는지 아세요?"

그러자 내게 웃음을 띠고 설명해주던 아저씨가 갑자기 멈칫 굳어졌다. 그리고 이내 대답했다.

"나는 우리 동네에 있는 돌하르방밖에 모르는데."

대정현 성의 동문 돌하르방 4기가 전부 보이는 풍경.

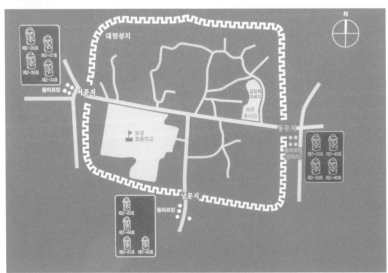

대정현 성의 서문 돌하르방 4기가 전부 보이는 풍경.

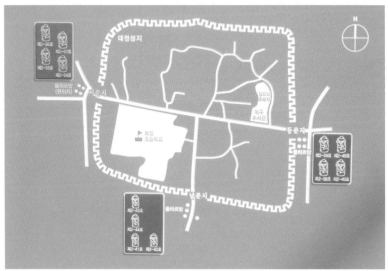

대정현 성의 남문 돌하르방 3기가 보이는 풍경. 나머지 1기는 도로 맞은편에 있다.

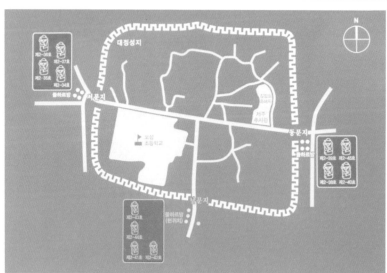

나는 그대로 숙제를 남긴 채, 아저씨에게 인사를 하며 대정현성 남문 쪽의 돌하르방을 촬영하러 그 자리를 떠났다. 제주도 토박이라도 돌하르방 원형은 동네에 있는 돌하르방만 아는구나, 하는 사실을 깨달으면서 걸음을 재촉했다.

제주도에서 내 인생의 기념비적 사건, '첫 경험'

제주도에 살면서 내게는 기념비적 사건이 생겼다. 바로 어금니 발치. 제주도에 2년 동안 있으면서 딱히 다른 곳은 아픈 데가 없었다. 감기 한번 걸리지 않았다. 그래서 병원에 갈 일이 없었는데, 치과는 몇 번 방문해야만 했다. 오래전부터 속을 썩혀오던 어금니가 제주도에 오고 나서도 다시 통증이 왔던 것이다. 제주도에서 몇몇 치과를 전전하다가 제주 시내 쪽에 있는 치과에서 최종 결론이 났다. 바로 발치였다!

사실 나는 평생동안 어금니를 발치해본 적이 없었다. 내 기억에는 그렇다. 어릴 때 앞니를 뽑았던 기억은 있지만, 어금니를 뽑다니. 상상할 수 없는 일이었다. 그런데 제주도에 와서 그 '첫 경험'을 한 셈이다.

그런데 돌하르방 원형을 찾아다니는 길에서 이 어금니와의 교차점이 있었다. 어금니를 발치하고 나면 그 자리에 인공의 치아를 심어야 한다. 그러니까 어금니라는 원형은 사라지고, 그 원형을 똑같이 닮은 모사품이 그 자리를 대체하는 것이다. 나는 이 지점에서 '원형과 모사'에 대한 단상을 이어갈 수 있었다. 우리에게 '원형'이 의미하는 건 무엇일까. 또 그 모사품의 의미는 무엇인가.

원형의 어금니를 인공의 어금니가 절대로 똑같이 대체할 수는 없다. 인간이 아무리 과학기술이 발달했다고 하더라도 정말 똑같이 만들 수는 없다. 단지, 원형에 가까워지려고 노력할 뿐이다. 원형의 위엄은 이 정도로 대단하다. 이처럼 모사품은 원형을 절대로 대체할 수 없다.

그러므로 원형의 가치와 의미는 모사품과 절대로 같을 수 없다. 그런데 이 원형의 가치에 대한 인식이 부족하고, 원형의 존재에 대해 제대로 평가하지 못하는 사회일수록 사기꾼이 많이 나타나는 결과로 이어진다고 한다면 논리적 비약인 걸까. 한번 생각해볼 문제다.

" 아 , 이곳은 마치 유럽 같아 ! "

사람들은 흔히 아름다운 제주도 풍경을 보면 말한다.
"아, 이곳은 마치 유럽 같아!" 혹은 "외국 어느 곳 같아!"
연예인들이나 외국인들도 예능프로그램에 출연해서 우리나라의 여러 곳을 돌아보며 말한다. 아름다운 풍경을 만나면 말이다.

"아, 여긴 마치 유럽 같아요!"

그렇다면 유럽은 아름다운 곳의 원형인가. 우리나라는 그럼 모사일 뿐인가. 외국에 가서 "아, 여긴 마치 제주도 같네!"라고 흔히들 말할까.

'아, 유럽 같아!' 이 말은 언뜻 들으면 칭찬 같지만, 자세히 뜯어보면 유럽이 더 아름답다는 이야기다. 우리나라는 아름답긴 하지만, 그냥 유럽의 모사품이란 뜻을 포함할지도 모른다. 그냥 흘려듣기엔 너무나 반복되는 이런 표현들이 귀에 거슬리는 건 나 혼자만의 느낌일까. 왜 그냥 우리나라 그 풍경 자체로 아름답다고 말할 수 없을까.

'원형'과 '모사'에 대한 생각은 이렇듯이 우리 일상생활의 사소한 표현에서도 적용된다. 그저 무심히 스쳐 지나가는 말도 가만히 분석해 보면 그 말하는 사람의 무의식이 내포되어 있다. 표면적으로는 칭찬해도 그 본질적인 의미에서는 유럽보다 한 수 아래라는 속마음이 표현된 것이다. 그리고 유럽의 아름다운 풍경이 원형이고, 다른 곳은 그 모사품이라는 생각이 보인다.

제주도의 돌하르방 원형을 찾다 보니, 원형의 의미와 중요성에 대해 다시 한번 생각해 볼 수 있었다. 원형은 단 하나, 그 자체로 존재하고, 세상에 하나부터 열까지 다 똑같은 건 없다. 유럽의 풍경은 그 자체로 원형이고, 우리나라 풍경도 또 그 자체로 원형이다. 원형은 원형대로 그 가치와 의미를 인정해주자. 원형을 또 다른 원형의 모사품으로 일순간에 만들어버리는 어리석음은 저지르지 말고.

'제주도 3대 폭포' 도장 7깨기

천제연 폭포 · 천지연 폭포 · 정방 폭포

제주도에는 유명한 3대 폭포가 있다. 바로 천제연 폭포, 천지연 폭포, 정방 폭포이다. 나는 이중에서 천제연 폭포와 천지연 폭포를 먼저 다녀오고, 나중에 정방폭포에 갔다. 이로써 제주도의 '3대 폭포 도장 깨기'는 완성되었다!

올해 4월 1일 만우절에 천제연 폭포를 다녀왔다. 천제연 폭포는 제주도 서귀포시 중문동에 있는 폭포이다. 중문관광단지 부근이다. 이날 폭포에는 물이 별로 없어서 폭포 사진은 못 찍었다. 천제연 폭포는 폭포 그 자체보다도 그냥 작은 공원처럼 잘 꾸며져서 산책하기에 괜찮았다. 특히, 선임교 위에서 보는 풍경도 꽤 신박하다!

또 그다음날 이어서 4월 2일에는 천지연 폭포를 다녀왔다. 역시 서

천제연 폭포가 있는 곳의 풍경.

천제연 폭포를 가면 볼 수 있는 풍경들.

귀포에 위치해 있다. 이 천지연 폭포는 굉장히 유명하다고 한다. 직접 가보니까, 왜 유명한지 단박에 알아차렸다. 역시나 많은 사람들이 좋다고 하는 것엔 그만한 이유가 있다는 걸 다시 한번 깨달았다.

천지연 폭포는 일단 첫인상부터 깔끔하게 잘 정비되고, 사람들의 손길과 보살핌이 많이 들어가 있었다. 여기저기 사진 촬영할 곳도 많고, 예쁜 곳이 많았다. 천지연 폭포는 사시사철 내내 언제나 물이 흘러내린다고 하니, 그 점도 아마 이 천지연 폭포를 유명하게 만드는 이유가 아닐까 싶다. 뭐든지 언제나 항상 열려 있고, 제 가치를 발휘해야 유명해지나 보다.

이 천지연 폭포는 천연기념물 제27호로 지정되어 있다고 한다. 나는 천제연 폭포도 나름 괜찮았고, 천지연 폭포도 아주 좋았다. 천지연 폭포는 나중에 기회가 된다면 한 번 더 방문할 의사가 있다. 연인끼리 데이트하기도 참 좋을 듯하고, 가족끼리 와도 좋을 것 같다. 서귀포에는 정말 좋은 관광지가 많다. 나는 개인적으로 제주도에서 제주시보다는 서귀포시 쪽이 볼거리가 많다고 생각한다. 인터넷을 검색해봐도 나와 비슷한 의견을 가진 사람들이 많았다. 그래서 제주도에서 관광지를 돌아다니고 싶다면 서귀포 쪽에 자리를 잡는 게 이동하기에 편할 것이다.

천지연 폭포의 모습.

천지연 폭포를 가면 볼 수 있는 풍경들.

정방폭포의 모습.

바닷가 절벽에 있는 정방폭포, 그 새로움!

정방폭포는 며칠 쉬다가 4월 6일에 다녀왔다. 이 폭포는 천제연폭포, 천지연폭포와는 다르게 바닷가 절벽에 형성된 것이라 차별점이 있다. 시원하게 떨어지는 정방폭포 아래까지 가보았는데, 그나마 폭포의 맛을 좀 느껴볼 수 있었다. 그런데 솔직히 말해서, 제주도의 3대 폭포는 내가 기대했던 것과 달리 소박했다. 우리나라 궁궐이나 문화재 등에서 흔히 덧붙여지는 설명의 단어, 바로 그 '소박미' 말이다.

너무 거대한 폭포를 상상했다면, '원형의 오류'에 빠진 것인가 보다. 폭포라면 거대해야 한다는 생각에 갇혀 있었다. 정방폭포는 제주도의 3대 폭포 중에서는 가장 물줄기가 센 것 같았다. 아마 바닷가 폭포라서 그런 걸까. 여튼, 정방폭포는 소소하게 즐거웠다.

정방폭포 근처에는 이중섭거리, 이중섭미술관, 서귀포올레시장 등등 여러 관광지가 또 가까이 있으니까, 같이 묶어서 일정을 짜보는 것도 좋으리라. 이 관광지들은 걸어서 다 이동할 수 있는 가까운 거리다. 그래서 제주도 마을 여기저기를 구경한다고 생각하며 돌아다니면 여행의 풍미를 더 즐길 수 있을 것이다.

제주도에서 2년 동안 살면서 이제 제주도를 그럭저럭 그래도 좀 알 것 같다. 나는 제주도에 한번도 와보지 않고, 그냥 TV에서 봤던 제주도의 인상만으로 거주할 곳도 인터넷을 검색해서 알아냈다. 이 책을 쓰면서도 앞에서 몇 번 말했지만, 제주도에 대해 아는 바가 정말 거의 없었다. 그냥 뭐 제주도가 우리나라 최고의 관광지이고, 제주도에 오면 구경거리가 많다는 그 정도. 그 관광지가 제주도 여기저기 그냥 골고루 흩어져 있는 줄 알았다.

'진짜 나'를 찾는 제주살이, '나의 원형'을 만나다

제주도에서 살 집을 알아보려고 며칠동안 인터넷을 검색해서 한 부동산과 연결이 되었다. 그당시 부동산 중개인과 전화 상담을 했을 때 언뜻 들은 말이 있다.

"제주 시내에 집을 얻으면 육지에서 살 때와 똑같아요. 제주도에 온 느낌이 전혀 없을 걸요."

그 이야기를 듣지 않아도 일단 조용한 시골 동네에 집을 구하려고 했다. 매스컴에서 한창 주가를 올리고 있는 바로 그 애월로 정했다. 그런데 알고 봤더니, 애월은 내가 생각했던 것보다 그 범위가 굉장히 넓었다. 나는 그저 동네 이름인 줄 알았지만, 실제로는 '애월읍'이라는 굉장히 넓은 행정 구역이었다. 그래도 공항이 가까운 것도 장점인 것 같아서 애월에서 2년을 보냈는데, 이제 어느 정도 알고 나니 제주도는 서귀포가 최고인듯!

나의 개인적 취향일 수도 있지만, 서귀포에 관광지가 몰려 있다는 것은 알만한 사람은 다 아는 사실이다. 그런데 나만 몰랐다. 나 같이 모르는 사람도 많을지 모른다. 그래서 여기에 그 이야기를 담아 놓는 것이다. 나는 제주도에 내려와서 살기 전에는 이 중요한 사실을 몰랐다! 그리고 제주도에서 일단은 집필 작업과 전자책 제작 작업을 일순위 목표로 삼았기에 좀 조용하게 작업에만 몰두할 수 있는 곳을 선택했다.

그래서 애월읍 고내리에 자리를 잡아서 그 소기의 목적은 달성했지만, 이제 제주도를 본격적으로 탐색하고자 할 때 서귀포가 더 화려한 곳이라는 걸 알았다. 제주도에서 2년 동안 살면서 내린 결론은 나는 '서귀포 스타일'이라는 것이다. 물론 살기에는 서귀포가 제주시쪽보다 습도가 더 높다고 한다. 하지만 나는 서귀포가 더 마음에 든다. 서귀포는 제주도답다. 적어도 내가 느끼기엔 그렇다. 우리가 가지는 제주도에 대한 환상을 어느 정도 채워준다. TV에서 자주 보던 제주도의 야자수 하며, 그 아름다운 풍경이 주로 서귀포 쪽에 다 있는 것 같다. 아마 제주도의 남쪽이라서 더 따뜻해서 그런가 보다. 그런데 나는 제주도에 내려와서 살기 전에는 이런 기본적인 상식도 없었다.

물론 내가 사는 곳 근처의 올레길도 예쁘고, 애월해안도로 일몰 풍경도 유명하고 아름답지만, 내가 제주도를 거의 다 둘러보고 난

천지연 폭포의 포토존.

코로나 19로 천지연마스크를 쓰고 있는 돌하르방 모사품.

소감은 서귀포 중문 쪽이 내 스타일이라는 것이다. 제주도에 와서
야 나는 확실히 내가 어떤 사람이라는 걸 깨달았다. 비로소 진짜
나 자신의 실체를 확인한 셈이다. 나의 원형과 마주했다.

　나는 좀 화려하고 도시적이고 편리한 곳을 선호한다는 사실을
알았다. 2년여 제주도 생활 동안 내가 통렬히 깨달은 게 있다면, 나
는 목가적인 삶을 선호하기보다 도시적인 생활을 더 좋아한다는
사실이다. 하지만 진짜 나를 마주하게 된 것도 모두 제주도 덕분이

다. 이렇게 진정한 나를 찾는 여정이 되어
준 제주살이가 고맙다!

제주도에서 살지 않았더라면 내가 어떤
사람인지 더 확실하게 알지는 못했을 터다.

제주살이는 '나를 찾는 여행'에 아주 큰
몫을 했다. 나는 제주도 돌하르방의 원형
을 찾아 떠난 길에서, '나의 원형', 즉 진짜
나를 만났다.

정말 자신의 진정한 모습, 원형이 궁금
하다면 제주도 돌하르방 원형을 찾으러
길을 떠나라.

그 길에서 우리는 자신의 원형과 마주할
것이다.

정방폭포 가는 길.

부록.
'제주도의 것은 제주도에게로'

국립민속박물관

───────────────

　　　　　　　　　제주도의 돌하르방 원형을 찾아 떠나는 길에서 마지막에 다다른 곳이 바로 서울 국립민속박물관이다. 원래 제주성 동문에 있던 8기 중 2기가 옮겨진 것이라고 한다. 이 사진을 촬영하기 위해 나는 서울에 올라갔다. 서울에서 살 때도 돌하르방 원형이 여기에 있다는 사실을 몰랐다.

　이 책을 준비하면서 제주도의 돌하르방 원형은 모두 다 제주도에 있어야 한다는 생각이 들었다. 물론 현재 제주도에 있는 돌하르방 원형도 관리가 최상의 시스템에서는 되지 않고 있어서 시급한 문제는 아니지만, 그래도 결국 제주도로 다시 돌아가기를 바란다.

　이 책을 통해서 제주도 돌하르방 원형에 대한 인식을 전국민적

국립민속박물관에 있는 돌하르방 원형 2기 모습. 제주시의 돌하르방을 옮겨온 관계로 두 눈이 두꺼비처럼 불룩 튀어나온 왕눈이다.

으로 새롭게 해서 더 홍보할 수 있는 시스템이 되었으면 한다. 앞에서도 이야기했지만, 제주도 돌하르방 원형 47기에 대한 스티커를 만들어 제과 회사에서 포켓몬스터 빵 스티커처럼 이벤트용으로 활용해도 좋을 것이고, 돌하르방 원형 여행 코스를 새롭게 구성해서 널리 알린다면 세계적 관광 코스로 발전할 수도 있을 것이다. 충분히 다양한 활용도가 있을 텐데, 이 아까운 자원이 눈에 띄는 관광 상품으로 자리를 잡지 못하고 있는 게 안타깝다.

원형에 대한 인식이 아무래도 더 높아져야 할 것 같다. 요즘 디지털 세상에서는 NFT(non-fungible token) 즉 대체 불가능한 토큰이 많은 관심을 받고 있다고 한다. 이 NFT는 블록체인의 토큰을 다른 토큰으로 대체하는 것이 불가능한 암호 화폐를 지칭한다고 한다. 이것도 바로 이 책에서 계속 이야기했던 '원형'에 대한 맥락과 같다. 디지털 자산에서도 원형에 관한 관심이 이렇게 높은데, 아날로그 세상에서 돌하르방 원형이 그 가치를 제대로 평가받지 못하고, 많은 사람의 관심을 덜 받고 있다는 게 안타까울 따름이다.

' 제 주 도 는   거 기   없 었 다 '

2001년 칸국제영화제 감독상을 받았던 조엘 코엔 감독의 흑백영화 〈그 남자는 거기 없었다(The Man Who Wasn't There)〉를 보면 '불확정성의 원리'에 대한 이야기가 나온다. 이발소에서 일하면서 자신이 이발사가 아니라고 생각하는 주인공 에드가. 에드가는 아내 도리스의 변호를 위해 유명 변호사 리든 슈나이더를 선임한다. 이때 리든 슈나이더가 다음과 같이 말하는 장면이 나온다.

"독일의 '프리티'인가 '워너'인가 하는 학자의 이론에 의하면 어떤 현상을 과학적으로 테스트하자면 관찰해야 하는데, 관찰하면 관찰 행위 자체가 현상을 변화시킨다는 거죠. 그래서 현상의 실체는 알기가 불가능하다는 겁니다. 결국 진실을 알기는 불가능하다는 것이죠. 이 이론을 '불확정성의 원리'라고 합니다."

바로 본질에 다가가려 할수록 아이러니가 잉태되는 불확정성의 원리에 대한 말이다. 보이는 사실을 보지 말고 그 속에 가리워진 사실의 의미를 보라는 말이다. 바로 이 책에서 '돌하르방의 원형'을 찾으며 나선 길에 만난 '원형과 모사', '본질과 현상'에 대한 이야기다. 우리 눈앞에 보이는 현상은 진실을 나타내지 않는다. 그 실체를 알려면 현상 너머 본질을 봐야 한다는 말과 같은 맥락이다.

제주도도 철마다 피는 꽃이나 예쁜 풍경 속 카페 같은, 단지 겉으로 드러나 보이는 것에만 매몰되면 그 실체를 볼 수 없다. 제주도를 방문할 때 해녀박물관이나 항몽유적지에는 한 번쯤 꼭 가보라고 말하고 싶다. 제주도의 원형을 알 수 있는 역사의 흔적이니까 말이다. 제주도는 '해녀가 움직여온 공간'이라고 해도 억지스러운

말은 아닐 것이다. 우리나라 어디에도 없는 해녀박물관이 바로 제주시 구좌읍 세화해변 바로 곁에 있다.

제주해녀박물관에는 3개의 전시실과 공연장, 영상실, 어린이해녀관이 있는데, 이 전시실에서는 해녀의 삶을 조명한다. 해녀들의 강인한 삶을 보여주는 세시풍속뿐만 아니라, 물질할 때 사용하는 도구 등도 전시되어 있다. 박물관의 전시물들은 모두 다 해녀분들이 기부한 것이라고 한다. 박물관 앞의 정원은 해녀 항일운동이자 국내 최대 규모의 여성 항일운동이 벌어진 곳인데, 1931년 1월 시위에 참여한 해녀들의 2차 집결지였다고 한다.

이곳에 해녀 항일운동 정신을 기리기 위해서 제주해녀항일운동비가 세워져 있다. 미처 깨닫지 못한 사실이었다. 우리나라 여성 항일운동의 한 물줄기에 해녀가 그 중심에 있었다는 역사! 제주도에서 나는 이 놀라운 역사적 현장에 설 수 있었다. 일제강점기 때 일본 제국의 총칼이 바다 건너 제주도에까지 짓밟고 다녔다는 사실이 새삼 피부로 느껴졌다. 소름이 돋았다. 이 아름다운 제주도에서 그 당시 또 얼마나 많은 여성, 해녀들이 잔인한 일본군의 총칼에 스러져갔을지 상상하지 않아도 그 역사의 현장에 함께하는 것 같았다.

해녀박물관 앞의 정원에 세워져 있는 제주해녀항일운동비.

해녀박물관 야외 풍경.

제 주 도 에 서   ' 4 월 의   아 이 러 니 ' 를   느 끼 다

한편, 내 작업실에서 가까운 곳에 있었던 항몽유적지도 꼭 한번 가볼 만한 역사적 현장이다. 제주시 애월읍 고성리에 있는 항파두리항몽유적지는 1997년 4월 18일에야 비로소 사적 제396호로 지정되었다고 한다. 이곳은 고려 말에 몽고의 침략을 받아 나라를 지키려고 궐기한 삼별초가 최후까지 항전한 유적지다. 어릴 때 국사 교과서에서 스치듯이 지나간 단 몇 줄의 문장이었던가. 삼별초가 제주도에까지 내려가서 끝까지 결사 항전했다는 역사적 사실.

잊힐 듯, 잊혀버렸던 그 역사적 흔적을 제주도에서 내 눈으로 확인하게 될 줄은 정말 미처 몰랐다. 그냥 교과서에서 한 줄 스치듯이 읽었던 그 역사적 현장에 직접 와서 보니까, 까마득히 멀고도 먼 시간 속에 있었던 일이지만, 얼마나 가슴이 뛰든지! '두 주먹 불끈!'까지는 아니더라도 원나라 몽고군에 항전하는 삼별초의 기개를 나도 심장 가득히 담으면서 그 자리에 함께했다.

결국엔 삼별초가 이 자리에서 모두 생을 마감했다고 하니, 오랜 시간이 지났더라도 숙연한 마음이 들었다. 나는 한참 동안 자리를 뜰 수 없었다. 지금은 눈에 보이지 않지만, 그 먼 옛날 삼별초가 몽고군과 싸웠던 광경이 그려졌다. 오랫동안 그 현장을 지켜보았다. 삼별초의 결기에 찬 목소리가 귓가에 울리는 듯했다.

항파두리 항몽유적지 제단의 모습.

　나는 1273년 4월, 결국 전멸당하기까지 이 항파두리 토성을 근
거지로 항몽 투쟁을 전개했던 삼별초의 넋을 기리고 왔다. 4월은
내가 태어난 달인데, 삼별초가 모두 떠난 달이고, 내가 가장 사랑
하던 친구도 떠난 달이다. T.S. 앨리엇의 시 〈황무지〉에 나오는 구
절처럼 "4월은 가장 잔인한 달"이다. 정말 '잔인한 4월'이다. 하지만
이 4월이 제주도에서 가장 아름다운 계절이라는 것은 인생의 아이
러니다. 그래도 삶은 계속된다.

삼별초가 전멸당할 때까지 싸운 항몽유적지.

에필로그 ; 그 멋진 여정, 제주살이 2년의 끝에서

제주도에 처음 발을 내디뎠을 때 나는 길을 잃은 어린아이 같은 심정이었지만, 이제 나는 길을 찾았다. 돌하르방 원형을 찾는 길에서 '나의 원형'도 만났다. 또 나는 제주도에서 '디지털 유목민'으로 살아가는 실험도 했는데, 그 결과는 성공적이었다. 내가 서울이나 파주에 생활권을 두지 않아도 제주도에서 얼마든지 나의 업인 출판을 할 수 있다는 사실을 확인했다. 종이책이든, 전자책이든, 오디오북이든 어떤 형태의 출판을 하더라도 내가 유목민처럼 어디에 있든 내 업을 이어갈 수 있었다.

제주도에서 지낸 2년이라는 시간은 내 인생에서 분명히 한 획을 긋는 '사건'이었다. 제주도에서 산다는 것은 '여행하는 기분이면서 살아가는 기분'이 뒤섞인 기묘한 나날들이었다. 제주도에서 살면서 이런 오묘한 기분을 계속 느끼며 살 수 있을지 알았다. 그러나 새로움은 연속성을 가지면 다시 일상이 되며, 더는 감탄하지 않는 삶이 되고 만다. 항상 나는 '감탄하는 삶'을 살고 싶다는 생각을 했다. 내가 추구하는 삶의 성격이다.

그래서 이제 올해 9월쯤에는 제주도 2년살이를 끝내려고 한다. 나는 제주도에 처음에는 여행자의 마음으로 왔다가 그다음에는 생활인이 되었다가, 제주도를 떠날 즈음에는 다시 여행자의 마음이 되었다. 원래 유한한 것에 대해서는 애틋함이 생기는 법이다. 우리가 만일 영원히 산다면 이 삶의 순간, 순간이 이토록 의미가 되어 남지는 않을 것이다.

인간이라면 사실 모두가 '죽을 날'을 받아놓은 것이나 다름없다. 그래서 우리는 시간을 더 아끼려고 하고, 그 한정된 시간 속에서 더 많이 사랑하고, 더 크게 즐거워하고, 더 깊이 생각하려고 한다. 제주도에서 보내는 시간이 얼마 남지 않은 시한부가 되었을 무렵부터 제주의 풍경이 다시 설렘으로 다가왔다. 남은 시간이 석 달, 두 달, 한 달, 이렇게 줄어들면서 나는 제주살이가 더 애틋하게 느껴졌다.

이 여행에서 항상 나와 함께했던 여행 친구들, 배낭과 카메라, 그리고 선글라스.

어 느 계 절 , 어 느 날 에 또 어 느 곳 에 서

이 책을 마무리하고 있는 지금은 제주살이를 두 달 정도 남겨놓았다. 요즘은 다시 제주의 하늘에 떠 있는 뭉게구름이 만화 영화 〈미래 소년 코난〉에서 코난이 사는 동네 풍경을 닮아 보인다. 물론 제주도의 대부분 궂은 날씨 속에서 태양이 유난히도 빛나는 계절인 여름이라 더 그럴 수 있을 거다. 하지만 떠날 시간이 얼마 남지 않을수록, 제주도의 에메랄드빛 바다도 더 새롭다.

왜 인간은 유한함에 더 설레고, 더 안타까워 할까. 잡을 수 없는 사랑이 더 애틋하고, 떠나버린 사람이 더 그리워진다. 함께 있을 때 더 잘해야 하는데, 항상 떠난 뒤에야 후회하는 게 인간인가 보다.

이러한 인간의 운명을 알기에 나는 항상 여행하듯이 살면서 새로움을 찾아 나서기로 했다. 내가 새로움에 자연스럽게 반응하는 그 자체를 즐기기로 했다. 그러한 삶을 살기로 했다. 그 새로움으로 나는 내 안에서 또 새로운 영감을 길어 올리고, 어느 계절, 어느 날에 또 글을 쓸 것이다.

나는 제주도에서의 실험을 바탕으로 디지털 유목민으로서 앞으로도 계속 살아갈 생각이다. 다음 여행지는 부산이 될 것이고, 또 부산에서 살아가면서 감탄이 사그라질 때쯤이면 또 다른 여행지로 떠날 것이다.

　언젠가 파리에서도 디지털 유목민으로서 살아가는 내 모습을 꿈 꿔 본다.

2022년 7월
제주도 애월에서

조선우

돌하르방에게 길을 묻다

초 판 1쇄 인쇄 | 2022년 7월 20일
초 판 1쇄 발행 | 2022년 8월 2일

지은이 | 조신우
사진 | 조신우
펴낸이 | 조선우
펴낸곳 | 책읽는귀족

등록 | 2012년 2월 17일 제396-2012-000041호
주소 | 경기도 고양시 일산서구 대산로 123, 현대프라자 312호
　　　(주엽동, K일산비즈니스센터)
전화 | 031-944-6907 팩스 | 031-944-6908

홈페이지 | www.noblewithbooks.com
E-mail | idea444@naver.com

출판 기획 | 조선우
책임 편집 | 조선우
표지 & 본문 디자인 | 공간42

값 20,000원
ISBN 979-11-90200-61-5(03810)